U0010445

韓國人
每天掛在嘴邊的
生活慣用語

한국어

Jessica Guo
郭修蓉

著

晨星出版

推薦序

　　人與人的基本溝通來自語言，自2008年7月25日創立上續獅子會，陸續展開國際交流，直到2012年6月1日正式與韓國釜山世宗獅子會正式結盟為姐妹會，才開始接觸另一種語言——韓文。

　　每年和韓國釜山姐妹會往來交流，總是需要一位翻譯人員協切。記得一年韓國釜山姐妹會來訪，臨時需要多一位翻譯人員，因緣際會下，認識郭修蓉老師，並且獲得老師的協助。郭修蓉老師的韓文應對，讓釜山世宗姐妹會來台灣參訪的所有成員讚譽有加，同時也讓我興起學習韓文的念頭，於是我也成為修蓉老師的學生了。

　　郭修蓉老師將多年來教授韓文的經驗，完全融入這本書中。在台灣，要找到適合自己學習的韓文基礎入門書籍，是一件不容易的事，想要韓文快速上手又流利，郭修蓉老師的這本書，肯定是最好的選擇。

國際獅子會300A2區
上續獅子會創會長

林秀霞

　　韓國流行文化，包含音樂、影視、飲食、服飾等，近幾年蔚為風潮，形成一股沛然莫之能禦的韓流，席捲全球。2012年PSY的單曲〈江南Style〉中的騎馬舞，更是撼動西方世界，一時之間仿效者眾；防彈少年團（BTS）則是時下青少年的最愛，每當筆者的學生聽到BTS往往興奮不已。此外，國人對於訪韓趨之若鶩，2019年赴韓人次超過百萬。不管是因為工作或旅遊等原因赴韓，學會韓文可增加溝通的便利性。也因為如此，韓語課程近年來也越發受到歡迎，韓語學習書籍，也高居博客來暢銷排行榜上前幾名。

　　本書作者郭修蓉老師在台北開授韓語課程，生動活潑、頗有好評，深受學生愛戴。修蓉是韓國華僑，具有熟稔韓文、中文兩種語言的先天優勢，韓文和中文都是她的母語，因此深知中文母語人士在學韓文時所遭遇的難處。坊間儘管有很多韓文學習書籍，但都不夠貼合使用者需求。有的是直接翻譯自韓文原文書，對於台灣學習者來說，仍有隔閡，畢竟許多韓籍作者，並不了解中文語性，更不知國人學習韓文的痛處；至於國人所寫的書，有語言使用不夠精準，甚至有訛誤等問題。修蓉在教學時，深知這些問題，自己編寫講義，精準找出國人學習韓語的難處，有效縮小學習鴻溝。修蓉憑著多年實際教學經驗寫成這本《韓國人每天掛在嘴邊的生活慣用語》實用書籍，值得國人參考。筆者認為本書有以下幾大特點：

　　第一，本書所收錄的500句韓國人生活慣用語，披沙揀金，精挑細選，非常道地，絕對可以在生活中派上用場。

第二，作者詳述每個句子的使用情境，並分析細微差異，甚至提醒讀者在使用這些句子時要注意語調的使用。

第三，比較中文、韓文使用上的異同，避免學習者受到母語的干擾，講出錯誤的句子。

第四，韓國的人際互動講究尊重，對長輩猶重禮儀，這樣的尊重就體現在語言之中。書中附有小筆記，介紹格式體、敬語的使用等等讀者需多留意之處。

第五，內容清晰，排版錯落有致，層次分明，加上文字流暢，沒有過多的術語，適合韓語自學者使用。

筆者身為語言教師，知道學習語言是條漫漫長路，許多學習者在學習初期興致高昂，但隨著難度提升，漸漸失去信心和興趣，究其原因，除了學習方法不正確，缺乏適切的學習教材也是主因。因此，建議學習者找到一本好的學習書籍，循序漸進，建立成功經驗，奠定深入學習的根基。修蓉所寫的這本《韓國人每天掛在嘴邊的生活慣用語》絕對可以誘發學習者的興趣，想學好韓語的有志之士，本書絕對不容錯過。

英語格林法則研究專家

楊智民

作者序

　　本書是為了幫助想要開口說道地韓文句子的學習者所寫。很多時候因為韓文和中文的表達方式大大不同，所以會造成學習者混淆，或者發生用錯的情況。其實，要說一句道地的韓文，沒有大家想像中的困難。

　　本書內容為簡單又有趣的實用例句，是一本讓韓文學習者能夠馬上派上用場的生活會話書。搭配貼切的插圖，讓韓文學習不枯燥，加深印象，學習效果加倍！以下簡介本書的內容構成：

1. 韓國人每天掛在嘴邊講的100句

　　不管看綜藝節目或韓劇，甚至跟韓國朋友聊天時，絕對會聽到且一定會派上用場的100句，並且對於相關的延伸句做了補充。

2. 韓國人日常生活會用到的150句

　　此章節是針對在日常生活中，甚至要去韓國旅遊、需要跟韓國客戶聯繫的人士，都可能會用到的句子，特別劃分成一類。另將使用頻率高的韓國俗語和慣用語放入此章節當中，讓讀者輕鬆的接觸韓國的不同文化。

3. 韓國人應對回答時常說的150句

　　隨口回答也好，要認真回覆對方也好，這150句幫助讀者能夠做出最自然的回應！

4. 韓國人表達感情和狀態的100句

　　韓文有很多從字面上猜想不到的慣用語，到底這些句子的由來是什麼呢？透過本章一起來找答案吧！

　　想要學好韓文，必須先了解韓國的文化，才會有加倍的學習效果。祝福所有韓文學習者能透過此書踏出成功的第一步，走進韓文世界裡。

使用說明

如何收聽音檔？

1

手機收聽

1. 偶數頁（例如第 36 頁）的頁碼旁邊附有 **MP3 QR Code** ◀- - - - - -
2. 用 APP 掃描就可立即收聽該跨頁（第 36 頁和第 37 頁）的真人朗讀，掃描第 38 頁的 QR 則可收聽第 38 頁和第 39 頁……

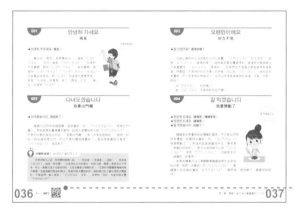

2

電腦收聽、下載

1. 手動輸入網址＋偶數頁頁碼即可收聽該跨頁音檔，按右鍵則可另存新檔下載

   http://epaper.morningstar.com.tw/mp3/0170009/audio/**036**.mp3

2. 如想收聽、下載不同跨頁的音檔，請修改網址後面的偶數頁頁碼即可，例如：

   http://epaper.morningstar.com.tw/mp3/0170009/audio/**038**.mp3

   http://epaper.morningstar.com.tw/mp3/0170009/audio/**040**.mp3

   依此類推……

3. 建議使用瀏覽器：Google Chrome、Firefox

3

全書音檔大補帖下載（請使用電腦操作）

1. 尋找密碼：請翻到本書第 140 頁，找出第 206 句的中文標題。
2. 進入網站：https://reurl.cc/e852mQ（輸入時請注意大小寫）
3. 填寫表單：依照指示填寫基本資料與下載密碼。E-mail 請務必正確填寫，萬一連結失效才能寄發資料給您！
4. 一鍵下載：送出表單後點選連結網址，即可下載。

目次

第1章　韓國人每天掛在嘴邊講的100句

목차

韓語40音

韓文共有40音，分別為19個子音和21個母音。要組成一個韓文字，大致上可以分為6種不同結構：

韓文字的結構

❶ 中聲（母音）／初聲（子音）

❷ 初聲（子音）／中聲（母音）

❸ 初聲（子音）／中聲（母音）／終聲（子音）

❹ 初聲（子音）／中聲（母音）／終聲（子音）

❺ 初聲（子音）／中聲（母音）／終聲（複合子音）

❻ 初聲（子音）／中聲（母音）／終聲（複合子音）

基本母音

ㅏ	ㅓ	ㅗ	ㅜ	ㅡ	ㅣ
[a]	[eo]	[o]	[u]	[eu]	[i]

　　韓文的母音分為「水平母音」和「垂直母音」，水平母音放置於子音下面（例如：그、두、호……），垂直母音放置於子音右邊（例如：기、너、라……）即可。

✎ 읽고 쓰십시오. 請寫寫看。

아	어	오	우	으	이

複合母音

ㅑ	ㅕ	ㅛ	ㅠ
[ya]	[yeo]	[yo]	[yu]

ㅑ 為 ㅣ+ㅏ 結合的複合母音。
ㅕ 為 ㅣ+ㅓ 結合的複合母音。
ㅛ 為 ㅣ+ㅗ 結合的複合母音。
ㅠ 為 ㅣ+ㅜ 結合的複合母音。

✏️읽고 쓰십시오. **請寫寫看。**

야	여	요	유

複合母音

ㅐ	ㅔ	ㅒ	ㅖ	ㅘ	ㅝ	ㅙ	ㅞ	ㅚ	ㅟ	ㅢ
[ae]	[e]	[yae]	[ye]	[wa]	[wo]	[wae]	[we]	[oe]	[wi]	[ui]

✏️ 읽고 쓰십시오. 請寫寫看。

애	에	애	예	와	워	왜	웨	외	위	의

韓文母音是從舌頭的位置和嘴唇的樣子去分類：

1.單母音：發音時，嘴唇和舌頭固定不會動，單母音為ㅏ、ㅓ、ㅗ、ㅜ、
　ㅡ、ㅣ、ㅐ、ㅔ、ㅚ、ㅟ。

2.二重母音：發音時，第一次發音的樣子和最後的樣子有所不同，二重母
　音為ㅑ、ㅕ、ㅛ、ㅠ、ㅒ、ㅖ、ㅘ、ㅝ、ㅙ、ㅞ、ㅢ。

子音

ㄱ	ㄴ	ㄷ	ㄹ	ㅁ	ㅂ	ㅅ	
[k]	[n]	[t]	[r]	[m]	[p]	[s]	
[g]		[d]	[l]		[b]	[sh]	

✏️ 읽고 쓰십시오. 請寫寫看。

가	나	다	라	마	바	사

ㅇ	ㅈ	ㅊ	ㅋ	ㅌ	ㅍ	ㅎ
[ng]	[j]	[ch]	[k]	[t]	[p]	[h]

아	자	차	카	타	파	하

雙子音

ㄲ	ㄸ	ㅃ	ㅆ	ㅉ
[kk]	[tt]	[pp]	[ss]	[jj]

✏️읽고 쓰십시오.　請寫寫看。

까	따	빠	싸	짜

子音的名稱

ㄱ	ㄴ	ㄷ	ㄹ	ㅁ
기역	니은	디귿	리을	미음

ㅂ	ㅅ	ㅇ	ㅈ	ㅊ
비읍	시옷	이응	지읒	치읓

ㅋ	ㅌ	ㅍ	ㅎ	ㄲ
키읔	티읕	피읖	히읗	쌍기역

ㄸ	ㅃ	ㅆ	ㅉ	
쌍디귿	쌍비읍	쌍시옷	쌍지읒	

單字練習

구두 皮鞋	다리 腿	나무 樹木	모자 帽子	머리 頭	사자 獅子
바다 海	가구 傢俱	고기 肉	여자 女子	나라 國家	휴지 衛生紙
우유 牛奶	시계 時鐘	의사 醫生	요리 料理	가수 歌手	사과 蘋果
파리 蒼蠅	토끼 兔子	포도 葡萄	노트 筆記本	포크 叉子	커피 咖啡
카드 卡片	코끼리 大象	고추 辣椒	차 茶	토마토 番茄	티셔츠 短袖
테니스 網球	파파야 木瓜	키위 奇異果	춥다 冷	기차 火車	파리 蒼蠅

終聲

終聲發音的7種可能：ㄱ、ㄴ、ㄷ、ㄹ、ㅁ、ㅂ、ㅇ。

韓文的終聲只會發7種發音，其餘的必須找出它的代表音，請看以下表格：

ㄱ [k]	ㄴ [n]	ㄷ [t]
ㄱ、ㅋ、ㄲ	ㄴ	ㄷ、ㅌ、ㅅ、ㅆ、 ㅈ、ㅊ、ㅎ

ㄹ [l]	ㅁ [m]	ㅂ [p]	ㅇ [ng]
ㄹ	ㅁ	ㅂ、ㅍ	ㅇ

ㄱ → 각 = 갘 = 갂

ㄴ → 난

ㄷ → 닫 = 닽 = 닷 = 닸 = 닺 = 닻 = 닿

ㄹ → 랄

ㅁ → 맘

ㅂ → 압 = 앞

ㅇ → 앙

終聲的位置上可以使用複合子音（兩個子音），請看以下表格：

ㄳ	ㄵ	ㄶ	ㄺ	ㄻ	ㄼ	ㄽ	ㄾ	ㄿ	ㅀ	ㅄ
ㄱ	ㄴ	ㄴ	ㄹ/ㄱ	ㅁ	ㄹ/ㅂ	ㄹ	ㄹ	ㅂ	ㄹ	ㅂ

1. 앉다 [안따]　　2. 않다 [안타]　　3. 여덟 [여덜]

4. 없다 [업따]　　5. 닭 [닥]　　6. 삶 [삼]

7. 값 [갑]　　8. 굶다 [굼따]　　9. 넓다 [널따]

單字練習

終聲ㄱ的單字

학교 學校	떡국 年糕湯	작가 作者	호박 南瓜	늑대 狼	목소리 聲音
약국 藥局	노트북 筆記型電腦	택시 計程車	악기 樂器	책 書	국적 國籍
옥수수 玉米	역사 歷史	허벅지 大腿	미역국 海帶湯	부엌 廚房	닦다 擦拭
수박 西瓜	동녘 東邊	볶다 炒	대학 大學	녹다 融化	머리카락 頭髮

終聲 ㄴ 的單字練習

기린	부산	간호사	한국	은행	연구원
長頸鹿	釜山	護士	韓國	銀行	研究員
오렌지	에어컨	핸드폰	온천	대만	회사원
柳橙	冷氣	手機	溫泉	臺灣	上班族
만두	반찬	언니	레몬	유치원	친구
饅頭	小菜	姊姊	檸檬	幼稚園	朋友

終聲 ㄷ 的單字練習

벚꽃	버릇	햇빛	끝	다섯	젓가락
櫻花	習慣	陽光	結束	五	筷子
이웃	버섯	그릇	찾다	빗	숟가락
鄰居	香菇	碗	找	梳子	湯匙
웃다	팥죽	늦잠	같다	믿다	인터넷
笑	紅豆粥	睡過頭	相同	相信	網路

終聲 ㄹ 的單字練習

마늘 蒜頭	비둘기 鴿子	벌레 蟲子	딸기 草莓	콜라 可樂	볼펜 原子筆
일본 日本	얼굴 臉	서울 首爾	호텔 飯店	신발 鞋子	지하철 地下鐵
결혼 結婚	오늘 今天	물건 東西	초콜릿 巧克力	날씨 天氣	텔레비전 電視

終聲 ㅁ 的單字練習

삼촌 舅舅	김치 泡菜	검사 檢查	엄마 媽媽	사람 人	햄버거 漢堡
게임 遊戲	그림 圖畫	남편 老公	컴퓨터 電腦	낮잠 午覺	사슴 鹿
아이스크림 冰淇淋	이름 名字	지금 現在	요즘 最近	요금 費用	모음 母音

終聲 ㅂ 的單字練習

입 嘴巴	비빔밥 拌飯	옆집 鄰居	무릎 膝蓋	수업 課程	높다 高
일곱 七	커피숍 咖啡廳	찻집 茶館	춥다 冷	잡지 雜誌	립스틱 口紅
컵 杯子	잎사귀 葉子	서랍 抽屜	손톱 手指甲	초급 初級	앞 前面

終聲 ㅇ 的單字練習

영화 電影	선생님 老師	경찰 警察	빵 麵包	운동 運動	향수 香水
영국 英國	생일 生日	가방 包包	학생 學生	망고 芒果	공항 機場
비행기 飛機	사탕 糖果	필통 鉛筆盒	선풍기 電風扇	영수증 收據	장미 玫瑰

發音表

	ㄱ [k]、[g]	ㄴ [n]	ㄷ [t]、[d]	ㄹ [r]、[l]	ㅁ [m]	ㅂ [p]、[b]	ㅅ [s]
ㅏ [a]	가 [ka] [ga]	나 [na]	다 [ta] [da]	라 [ra]	마 [ma]	바 [pa] [ba]	사 [sa]
ㅑ [ya]	갸 [kya] [gya]	냐 [nya]	댜 [tya] [dya]	랴 [rya]	먀 [mya]	뱌 [pya] [bya]	샤 [sya]
ㅓ [eo]	거 [keo] [geo]	너 [neo]	더 [teo] [deo]	러 [reo]	머 [meo]	버 [peo] [beo]	서 [seo]
ㅕ [yeo]	겨 [kyeo] [gyeo]	녀 [nyeo]	뎌 [tyeo] [dyeo]	려 [ryeo]	며 [myeo]	벼 [pyeo] [byeo]	셔 [syeo]
ㅗ [o]	고 [ko] [go]	노 [no]	도 [to] [do]	로 [ro]	모 [mo]	보 [po] [bo]	소 [so]
ㅛ [yo]	교 [kyo] [gyo]	뇨 [nyo]	됴 [tyo] [dyo]	료 [ryo]	묘 [myo]	뵤 [pyo] [byo]	쇼 [syo]
ㅜ [u]	구 [ku] [gu]	누 [nu]	두 [tu] [du]	루 [ru]	무 [mu]	부 [pu] [bu]	수 [su]
ㅠ [yu]	규 [kyu] [gyu]	뉴 [nyu]	듀 [tyu] [dyu]	류 [ryu]	뮤 [myu]	뷰 [pyu] [byu]	슈 [syu]
ㅡ [eu]	그 [keu] [geu]	느 [neu]	드 [teu] [deu]	르 [reu]	므 [meu]	브 [peu] [beu]	스 [seu]
ㅣ [i]	기 [ki] [gi]	니 [ni]	디 [ti] [di]	리 [ri]	미 [mi]	비 [pi] [bi]	시 [shi]

ㅇ [ng]	ㅈ [j]	ㅊ [ch]	ㅋ [k]	ㅌ [t]	ㅍ [p]	ㅎ [h]
아 [a]	자 [ja]	차 [cha]	카 [ka]	타 [ta]	파 [pa]	하 [ha]
야 [ya]	쟈 [jya]	챠 [chya]	캬 [kya]	탸 [tya]	퍄 [pya]	햐 [hya]
어 [eo]	저 [jeo]	처 [cheo]	커 [keo]	터 [teo]	퍼 [peo]	허 [peo]
여 [yeo]	져 [jyeo]	쳐 [chyeo]	켜 [kyeo]	텨 [tyeo]	펴 [pyeo]	혀 [hyeo]
오 [o]	조 [jo]	초 [cho]	코 [ko]	토 [to]	포 [po]	호 [ho]
요 [yo]	죠 [jyo]	쵸 [chyo]	쿄 [kyo]	툐 [tyo]	표 [pyo]	효 [hyo]
우 [u]	주 [ju]	추 [chu]	쿠 [ku]	투 [tu]	푸 [pu]	후 [hu]
유 [yu]	쥬 [jyu]	츄 [chyu]	큐 [kyu]	튜 [tyu]	퓨 [pyu]	휴 [hyu]
으 [eu]	즈 [jeu]	츠 [cheu]	크 [keu]	트 [teu]	프 [peu]	흐 [heu]
이 [i]	지 [ji]	치 [chi]	키 [ki]	티 [ti]	피 [pi]	히 [hi]

韓國人每天掛在嘴邊講的100句

001 안녕히 가세요
再見

안녕히계세요.

■ **안녕히 주무세요.** 晚安。

　　韓文的「再見」有兩種說法,一個是 "안녕히 가세요.",另外一個是 "안녕히 계세요."。如果對方先離開,則用 "안녕히 가세요." ;我先離開,則使用 "안녕히 계세요."。 "안녕히 계세요."也可以在掛電話時使用。那 "안녕히" 到底是什麼意思呢?就是「平安地」的意思。除了「再見」之外,「晚安」也使用 "안녕히"。

002 다녀오겠습니다
我要出門囉

■ **다녀왔습니다.** 我回來了。

　　韓國人出門時有個習慣,就是會說一句:「다녀오겠습니다. 我要出門囉!」想起我剛到臺灣讀大學時,因為太習慣和家人說 "다녀오겠습니다.",於是和不熟的室友天天說:「我要出門囉!」有一天室友跟我說:「唉呀,好啦!我知道妳要出門,所以不要打擾我睡覺啦!」那回來後會說什麼呢?「다녀왔습니다. 我回來了!」

小筆記

> 💡 **何謂思迷達(-ㅂ니다／-습니다)?**
>
> 　　在學習韓文之前,很常聽到韓國人說「……思迷達……思迷達」,這個「……思迷達(습니다)」就是「格式體」,它是用在正式的場合,例如主播、廣播,或者在公司等等,所以一般聊天是不太會用到的。大家有機會去韓國的話,一定要好好聽聽看機場的韓文廣播,或是韓籍空服員的韓文,都是用格式體說話的。連新聞台的主播也用格式體說話,不像我們一般人會說:「안녕하세요. 您好。」他們的「您好」也是用格式體 "안녕하십니까?"。

003 오랜만이에요
好久不見

■ 잘 지냈어요? 過得好嗎？

　　在路上遇到許久沒見面的人可以說聲：「오랜만이에요. 好久不見。」或是「잘 지냈어요? 過得好嗎？」這時候若要回覆過得好，直接把句尾語調往下就會變成：「잘지냈어요. 過得好。」但我們並不是每天都能過得幸福美滿，想要回「不是很好但也不壞」的時候，可以說"그냥그래요."。這句話非常實用，不一定是用在問候句上，也可以用來表達食物的味道、天氣、外貌，例如：

A：맛있어요?　好吃嗎？
B：그냥 그래요.　不是很好但也不壞。

004 잘 먹겠습니다
我要開動了

잘 먹겠습니다.

■ 맛있게 드세요. 請慢用、慢慢享用。
■ 천천히 드세요. 請慢用。
■ 잘 먹었습니다. 吃飽了。

　　韓國是非常重視說話禮儀的國家，不只是出門時很有禮貌，吃飯時也會說一句：「잘 먹겠습니다. 我要開動了！」把這句話直接翻成中文，意思是「我會好好吃的」。對方在這時候可以說"맛있게 드세요."，或是"천천히 드세요."，也就是中文「請慢用」的意思。

　　如果有機會可以注意聽聽看韓國服務生送菜時說什麼，他們一定會說一句"맛있게 드세요."。當韓國人吃完後也會說"잘 먹었습니다."，意思為「我吃飽了、謝謝您的招待」。

005
주말 잘 보내세요
週末愉快

- 휴가 잘 보내세요. 休假愉快。
- 명절 잘 보내세요. 佳節愉快。

주말 잘 보내세요.

　　每次到了禮拜五，不管是對朋友或同事，不管是不是真心，韓國人會説 "주말 잘 보내세요."，這在韓國是很常聽到的句子，其中 "잘 보내세요." 是「好好地渡過」的意思。此句不一定是在週末時使用，如果是假期，我們也可以把 "주말" （週末）換掉，變成：「휴가 잘 보내세요.　休假愉快。」遇到節慶時則説：「명절 잘 보내세요.　佳節愉快。」

006
수고하셨습니다
辛苦了

- 감사합니다.　　　　辛苦了、謝謝。
- 내일 뵙겠습니다. 明天見。

　　許多學生在下課後會跟我説：「선생님, 수고하셨습니다.　老師，辛苦囉！」那我會立刻跟學生説：「不！行！在韓國不能跟長輩、包括老師説『辛苦』這個詞！」因為韓文的 "수고" 是漢字的「受苦」翻來的，在韓國認為這是長輩對晚輩使用，而不是晚輩對長輩使用的單字。那麼，這時候應該要説什麼呢？目前韓文沒有代替「수고하셨습니다.　辛苦了！」這句話的用語，只能用「감사합니다.　謝謝。」「내일 뵙겠습니다.　明天見。」等用詞來代替，所以大家要記得，在韓國不能對長輩説 "수고하셨습니다."。

007

먼저 갈게요
我要先走了

　　當我們要先做某件事情時，大家可以應用 "먼저" 當作句子開頭，它是中文的「首先、事先」之意。如果在公司時需要使用格式體，就可以改為 "먼저가 보겠습니다." 。在韓國職場上，只要是先下班的人都會說這句話。

먼저 갈게요.

008

죄송합니다
對不起

- 괜찮으세요?　還好嗎？
- 아니에요.　　沒關係。

　　「老師，韓國人撞到人是不是不會道歉呢？」

　　很少聽到韓國人說 "죄송합니다." 。我想了想，韓國人比起 "죄송합니다." ，更常用「괜찮으세요?　還好嗎？」來關心你。其實，韓文有很多「對不起」的不同說法，其中 "죄송합니다." 最為普遍。這時我們可以回覆：「괜찮아요.　沒事。」或是：「아니에요.　沒關係。」另外，"아니에요." 這句話非常實用，當對方說：「감사합니다.　謝謝。」大家也可以用 "아니에요." 取代：「不客氣。」

죄송합니다.

009 실례지만 _____
請問 _____

- 실례지만 성함이 어떻게 되세요? **請問您貴姓？**
- 실례지만 누구세요? **請問您是哪位？**
- 실례지만 화장실이 어디죠? **請問廁所在哪裡？**

실례지만_____.

　　"실례"是從「失禮」翻過來的單字，"지만"是「雖然」的意思，"실례지만"可以翻成「請問」或是「不好意思」。我們要開口請求或請教對方某件事情時，可以用"실례지만_____."句型。

010 뭐라고?
你剛剛說什麼？

- 방금 뭐라고 했어? **你剛剛說什麼？**
- 다시 한번 말씀해 주세요. **請再說一遍。**

　　當我沒有聽清楚對方所說的話，我們可以用"뭐라고?"，更簡短的說法是"뭐?"，更完整的說法為：「방금 뭐라고 했어? 你剛剛說什麼？」如果對方是長輩或不認識的則用"네?"或「다시 한번 말씀해 주세요. 請再說一遍。」這時我們若不想再重複說，就可以回對方：「아니야. 沒事。」

뭐라고?

011

신경 쓰지 마
別管了

신경 쓰지 마.

- **걱정하지 마.** 別擔心。
- **하지 마.** 不要這樣。
- **화내지 마.** 不要生氣。

　　當我們認真聽韓國人說話，就會發現他們很愛說 "＿＿＿＿지 마."，"지 마" 是命令句「不要」的意思，"신경 쓰지 마." 可以理解成「別管了」、「別放在心上」、「別操心」。類似的說法為 "걱정하지 마."、"마음에 두지 마."。說話的對象並非平輩或晚輩時則使用：「＿＿＿＿지 마세요. 請不要＿＿＿＿。」

012

깜짝이야!
嚇死我了！

깜짝이야!

- **엄마야!** 嚇死我了！

　　韓國人受到驚嚇時用的感嘆詞。除了 "깜짝이야!"，還可以用 "엄마야!"。沒錯，"엄마" 是「媽媽」，韓國人嚇到的時候就會找媽媽！那會不會找「아빠야 爸爸」呢？到目前為止還沒見過。

013 무슨 소리야?

什麼意思？

　　難以置信或無法理解對方所説的話時使用，中文翻成：「你到底在説什麼？」「那是什麼意思？」與上一句 "뭐라고?" 相比，雖然看起來沒有太大的差別，不過 "뭐라고?" 還可以用於回問對方已經説過的話：「你剛剛説什麼？」但 "무슨 소리야?" 並沒有回問的意思。

무슨 소리야?

014 배고파 죽겠어

快餓死了

■ 추워 죽겠어.	冷死了。
■ 아파 죽겠어.	痛死了。
■ 시끄러워 죽겠어.	吵死了。
■ 짜증나 죽겠어.	煩死了。

배고파 죽겠어.

　　韓國人的表達方式是很誇張的，不管是很餓、很冷、很難、很辣，都愛加 "죽겠어"，代表「快死掉了」的意思。説這句話的時候韓國人不是真的要死掉，而是一種比喻的方式，我們可以把它理解為「非常地⋯⋯」，例如吃飽後就會説：「배불러 죽겠어. 快飽死了！」

015

다행이다
太棒了

　　"다행이다." 中文意思為「千幸、萬幸」。這句話不只是韓國人愛用的句子，也是韓國人愛唱的歌曲！這首是由韓國男歌手이적（李笛）所唱的歌，因為歌詞浪漫，在婚宴場合或告白時很容易聽到。如果想要輕鬆的背誦此句，不妨多聽聽這首歌！

다행이다.

016

설마
怎麼可能

- 그럴 리가. 　怎麼可能。
- 말도 안 돼. 　怎麼可能。
- 거짓말. 　　　你騙我。

　　"에이, 설마." 是在不相信對方所說的話時使用，"그럴 리가（없어요）."、"말도 안 돼." 和 "거짓말." 也是類似的用法。"거짓말" 這三個字雖然是「說謊」的名詞，但在這裡可以當作「你騙我、騙人」的意思。

설마.

잘못했어

我錯了

"잘못"（錯誤）加了 "하다"（做），變成「잘못했어. 做錯事了。」媽媽責備孩子時常說的：「你有沒有做錯？」若翻成韓文會變成 "잘못했어? 안 했어?"。我們在這裡必須注意的是它的空格，韓文的空格是用來代表它們是不同詞彙、性質。另外，助詞和語尾不用空格，有時候空錯地方會導致不同的意思。我們來看看這句如果空錯格，會變成什麼意思：

1. 잘못했어.
2. 잘 못했어.

잘못했어.

第一句是「我錯了」，第二句是「做得不夠好、曾經不是很會做」，這兩句是完全不同的意思，所以在書寫時要特別注意！

푹 쉬어

好好休息

當韓國朋友的身體不舒服的時候，大家可以用這句關心一下。不一定是不舒服的時候使用，對方看起來很累、沒睡飽的時候，我們也可以使用這句。"푹" 是「充分」的意思，後面可搭配其他動詞，像是 "자다"（睡覺），"푹 자다" 表示「充分睡眠」的意思。

019

마음대로 해
隨便你

■ 뭐 먹을래? 要吃什麼呢？

　　"마음대로." 這四個字韓國女生最愛
用！就是隨便的意思。不少韓國男生說，和
女朋友約會時讓他們最難理解對方心思的句
子就是 "마음대로." 。為什麼「隨便」這句
會是最難懂呢？當男生問：「뭐 먹을래?
要吃什麼呢？」的時候，如果挑剔的女友回
答 "마음대로." ，男生真的會以為可以隨便
吃，但其實女生心裡早就有答案了！所以韓
國男生開玩笑地說 "마음대로." 其實是最不
隨便、也最挑剔的人使用的詞。

마음대로 해.

020

아직이요
還沒好

■ 아직이에요? 還沒好嗎？

　　"아직" 是「還沒」的意思，
這個詞會和否定句一起使用，像是
"안" 、 "못" 等等，不過韓國人
說話不喜歡太複雜或是說太長，所
以會直接說 "아직이요." 來代替所
有句子。它也可以當成疑問句，例
如：「아직이에요?　還沒好嗎？」

아직이요.

봐서
到時候再看情況決定

■ 봐서 결정할게. 到時候再決定。

　　有些時候不想馬上給對方答案，那就可以用用 "봐서." 兩個字，完整的句子為 "봐서 결정할게."，"결정하다" 為「決定」，"-(으)ㄹ게" 表示「意志」，等同於中文「我會……的」。前面有提到過韓國人愛縮短句子，所以後面的 "결정할게." 四個字通常被省略。

봐서.

1
2
3

글쎄요
很難說

　　"글쎄요." 用在不是很確定的時候，或是需要花時間去想、反駁對方時用的句子，有時候可以翻譯成「嗯……這個嘛……。」如果對方說到我們不想討論或不方便回答的話題，不妨可以試試用 "글쎄요." 來迴避一下。別忘了，說的同時也要笑笑的，才不會傷感情！

글쎄요.

023

이게 무슨 일이야?

這怎麼回事?

■ **무슨 일하세요?** 做什麼工作?

　　"이게 무슨 일이야?"這句話中文翻成:「怎麼會發生這種事?」「這到底怎麼回事?」對於發生的事情感到疑問、驚嚇的時候使用。此外,"무슨 일"可以在多種情況使用,例如想問對方職業的時候可以說"무슨 일하세요?",或者收到許久沒聯絡的人的訊息,我們可以說"무슨 일이야?"。

024

너무하네요

太過份了

　　"너무"這兩個字想必大家都有聽過,是「非常」的意思,但是"너무하다"這四個字如果中間沒有空格、沒有分開而寫成"너무 하다",那就不是「非常」的意思了,而是「過份、太超過」的意思。有些人會好奇當韓國人聊天時,要怎麼知道到底指的是哪一個意思?這個問題大家不用擔心!說話時一定會有前後文,所以不會有聽錯的問題喔!

025

좀 지나갈게요
借過一下

在人擠人的地方，或許有些人不愛說「借過」，所以有時候會造成你撞我、我撞你的情況。為了避免這種事情發生，我們可以學一下借過的韓文"지나갈게요."，在此句前多加"좀"會給對方更客氣的感覺。除了這句外，還可以使用"잠시만요."，它原本是「稍候」之意，但也可以當作「借過」來使用。

좀 지나갈게요.

026

그렇구나
原來如此

通常自言自語時會用"그렇구나."，代表「原來如此、原來是這樣」的意思。如果講話的對象是我們必須要使用敬語的對象，則用"그렇군요."。很多人以為在半語後面多加"요"就會變成敬語，不過有時候並不是這麼單純。"그렇구나."和"그렇군요."的第三個字不一樣，書寫時需要注意。

그렇구나.

027 정말 치사하다
你好小氣

　　"치사하다"不一定是在金錢上指人小氣，還可以當成「下流、低賤」的意思。若要說一個人是小氣鬼，可以把"짠돌이"這個單字學起來，"짠돌이"指一個男生很小氣、不愛花錢；若要說女生小氣，韓文要說"짠순이"。

정말 치사하다.

028 웃기지 마
別鬧了

　　"웃기다"字面上的意思為好笑、搞笑、逗人笑，是「使動詞」。這一句話我們不能把它理解成字面上的意思，它帶有「別說不像樣（不可能）的話」的意思在，如果一個很瘦很瘦的人一直說自己胖，我們會說"웃기지 마."。

小筆記

何謂使動詞？

　　主詞讓受詞做某件事情，或者讓受詞達到某種狀態時使用，中文為「讓（某人）……」、「使（某人）……」。"웃기다"（逗笑、讓某人笑）為"웃다"（笑）的使動詞，請參考以下句子：

1. 웃기지 마.　別逗我笑、別鬧了。（使動句）
2. 웃지 마.　　你不要笑。（主動句）

어떻게 됐어?

結果怎麼樣？

■ 어떻게 된 줄 알았어. 我以為你發生不好的事情。

首先，"어떻게"的發音為
[어떠케]。"어떻게 됐어?"的中
文意思是「變成……樣子」，這
一句可以理解成「變怎麼樣
了？」。也就是在問對方：「進
行得如何？」「結果怎麼樣？」
在這裡還可以多學一句"어떻게
된 줄 알았어."，"-(으)ㄴ 줄
알다"是「以為」的意思，這句
是說：「我以為你怎麼樣了（我
以為你發生不好的事情）。」

어떻게 됐어?

거기서 거기야

沒兩樣

■ 비슷비슷해. 　　 差不多。
■ 도토리 키 재기야. 半斤八兩。

"거기서 거기야."是 "거기에서 거기야."的縮寫，表示「無分別、沒兩
樣、都一樣」的意思，和 "비슷해.(비슷비슷해.)"是一樣的用法。我們來學
一個有趣的說法吧！"도토리 키 재기."中的 "도토리"是「松果」，"키
재기"指「量身高」，所謂的「松果量身高」是指差不多大小的松果，就算比
身高也都差不多的意思，也就是中文的「半斤八兩」，是韓國人很愛用的俗
語。

벌써?
已經 _____ 了嗎?

　　"벌써" 是代表「已經」的副詞，韓語副詞可以單獨使用，也就是說不需要多加其他的動詞或形容詞、名詞。舉例來說：

❶ A：7시인데 퇴근 안 해？　七點了，不下班嗎？
　　B：뭐? 벌써?　什麼？都已經（七點了嗎）……？

　　B回答的這一句，完整的說法是 "벌써 7시야?"，這裡省略了 "7시야"。我們再多看另一個對話：

❷ A：점심 먹으러 갈래?　要不要一起去吃午餐？
　　B：아까 먹었는데.　一個小時前已經吃過了。
　　A：벌써?　已經（吃過了嗎）……？

　　在這個對話裡，A最後回答的這一句完整的說法是 "벌써 먹었어?" 這裡也是省略了 "먹었어"。

어쩐지
難怪

　　"어쩐지" 為副詞，韓語副詞加在句子裡或是單獨使用都沒問題。基本上它有兩種意思，第一種意思為「怪不得、難怪」，第二種意思為「不知道為什麼」。

어쩐지.

A：그 얘기 들었어? 두 사람 헤어졌대.
　　你有聽說嗎？聽說他們分手了。
B：어쩐지. 기분 안 좋아 보이더라.
　　難怪，他看起來心情不好。

033

그냥 그래요

還好

　　無論是回答近況、長相、味道，各種情況下都通用。沒有到好，也沒有到不好，所以 "그냥 그래요." 並不是正面回答，但也沒有到非常負面。請參考以下應用方式：

❶ A：요즘 잘 지내요?　　最近過得好嗎？
　 B：그냥 그래요.　　　還好。

❷ A：그 영화 재미있어요?　電影好看嗎？
　 B：그냥 그래요.　　　還好。

❸ A：오늘 날씨 어때요?　天氣如何？
　 B：그냥 그래요.　　　還好。

그냥 그래요.

034

오늘은 좀 쉴게요

今天就饒了我吧

　　"-(으)ㄹ게요" 用於表達說話者的目的、意志。我們要注意的是這裡的助詞 "은/는" 是拿來「強調、比較」的助詞，加了 "은/는" 表示今天「特別需要休息、特別想要休息」的意思。朋友約我們，但是想要在家休息的時候可以說：「오늘은 좀 쉴게요. 今天就饒了我吧。」

오늘은 좀 쉴게요.

어쨌든
反正、總之

"어쨌든" 可以單獨使用，也可以使用在句子裡當副詞來應用。我們來看以下對話：

A：우리 안 사귄다니까!
　　我說我們沒有在一起！
B：어제 둘이 데이트하는 거 봤는데?
　　昨天明明有看到你們在約會啊？
A：그냥 같이 영화 본 거야.
　　只是看電影而已。
B：그래. 뭐 어쨌든.
　　好啦，隨便啦！

在最後用 "어쨌든" 結束對話，等同於英文的anyway。

괜찮겠죠
應該沒事吧

"겠" 是「應該」，"죠" 是語尾「……吧」的意思。"괜찮겠죠." 就是中文的「應該還好吧」、「應該沒事吧」。若把這句話從中文翻成韓文，不少人會翻成 "아무 일 없겠죠."，這兩句都是同樣的意思，不過韓國人習慣把句子縮短，所以用 "괜찮겠죠." 即可。

괜찮겠죠.

설마설마했는데

我懷疑過⋯⋯

在43頁第016句有學過 "설마" 的用法，那麼現在學一下其他用法。 "설마설마했는데" 是在否定「可能會發生的事情」，或是「當初有想到、但沒想到真的會這樣」的時候使用。舉個情境讓大家理解：當我們看到一則關於車禍的新聞，出車禍的車輛長得很像朋友的車，到了隔天剛好傳來消息說朋友出車禍住院了，這時候我們可以說 "설마설마했는데." 。第二個情況：牙齒痛了一整個禮拜去看牙醫，牙醫說是因為智齒，這時候我們可以說 "설마설마했는데." ，表示「我有懷疑過可能會是因為智齒」。

설마설마했는데.

열받아

好生氣

- 참아. 　　忍一忍，別生氣。
- 화내지 마. 別生氣。

表達生氣的用語有很多種，最常用的就是 "열받아." 和 "화난다." 。若要表達「別生氣」，不要直接把它們改成否定的 "열받지 마." 、 "화나지 마." 。那麼應該要怎麼說呢？ "참아." 、 "화내지 마." 都可以使用。

열받아.

039 그럴 리가요
怎麼可能

完整的句子為 "그럴 리가 없어요.",但是後面的 "없어" 可以省略,直接説 "그럴 리가요."。請看以下例句:

그럴 리가요.

A:수지 씨가 입원했대요.
聽説秀智住院了。

B:그럴 리가요. 아까 길에서 봤는데요?
怎麼可能!我剛在路上看到她了耶?

040 할 수 없지, 뭐
那就沒辦法了

■ 어쩔 수 없지, 뭐. 那就沒辦法了。

此句表示已經放棄、死心了。相同的句子為 "어쩔 수 없지, 뭐.", "뭐" 在這裡是感嘆詞。有時候想約朋友,但朋友剛好有其他事,那就可以用 "할 수 없지, 뭐." 來回覆他,我們可以把它理解成:「好吧(那就沒辦法囉)。」

할 수 없지, 뭐.

041

제 생각에는 _____
我覺得 _____

제 생각에는 _____.

■ 제가 보기에는 _____.
依我看來 _____。

　有時候和對方有不同見解，但又怕會得罪對方或是覺得沒禮貌，這時候可以使用此句。句子裡的助詞 "은/는" 是拿來做「對比」的時候使用，代表「我自己的想法是……」。類似的說法為：「제가 보기에는 _____. 依我看來。」

042

다음에 밥 한 끼 먹어요
下次吃個飯吧

　如果和韓國朋友道別時聽到這句，千萬別當真！這只是韓國人的習慣用語。有時候走在路上遇到不那麼熟的人，或剛好和某個人用訊息聊天，到最後不知道怎麼做收尾時可以說 "다음에 밥 한 끼 먹어요."。當然這句也有可能是真的想請你出來吃頓飯，如果是這樣，他一定會再問：「언제 시간 괜찮아요? 什麼時候有空？」

다음에 밥 한 끼 먹어요.

043

한참 기다렸어요
等了老半天

- 오래 기다렸어요? 等很久嗎?
- 많이 기다렸어요? 等很久嗎?
- 한참 생각했어요. 想了老半天。

한참 기다렸어요.

　　"한참"是「長久一段時間、老半天」的意思。到了約定場所發現對方已經在等我,我們就會禮貌性地說"한참 기다렸어요? (많이 / 오래 기다렸어요?)"。"한참"的後面可以搭配各種動詞,例如:「한참 생각했어요. 想了老半天。」

044

한잔 할래요?
要不要喝一杯?

　　這裡的"한잔"一般來說指的是「酒」,"한잔 할래요?"可以直接把它理解成對方要約我們出來吃頓飯、順便喝一杯。我們來說一下韓國人的飲酒文化:許多韓國人很愛喝酒,很多餐都會有一瓶燒酒在旁邊,有時候聚餐不是單單吃一頓飯就結束,還會有"2차"(二攤)、"3차"(三攤)。各種酒類當中,燒酒是最多人喝的,它會搭配各種喝法、混合不同飲料,變成不同口味的調酒。

한잔 할래요?

알아서 해
你看著辦

此句和 "마음대로 해." 有時候可以替換使用，有些人還會把這兩句加在一起使用，變成 "마음대로 알아서 해."。不過 "마음대로 해." 是帶有「隨便你想幹嘛就幹嘛」的感覺在，通常父母指責孩子的時候，會用激動的語氣說 "네 마음대로 해."。

알아서 해.

그럼 그렇지
果然

此句翻成中文為「我就知道」、「不意外」。舉例來說：一個功課非常不好的學生有一天拿了滿分，後來被發現是作弊（커닝），這時候就可以說 "그럼 그렇지."。

그럼 그렇지.

깜빡했어
我忘了

「忘記」的韓文除了 "잊다"、"잊어버리다" 之外，"깜빡하다" 也是韓國人喜歡用的單字。應用時要用「過去式」，因為我們「已經」忘了某件事情，所以要用過去式；"잊어버리다" 也一樣要用過去式（잊어버렸어요.）。

其實 "깜빡" 本身的意思是「一閃、閃爍」，"깜빡하다" 是燈光突然變暗又突然變亮的感覺，所以可以把它理解為「意識或記憶突然變模糊」、「一時忘記」。

깜빡했어.

아니면 말고
不是就算了

此句是非常不負責任的話，像是網路上有很多流言蜚語，很多人不管它到底是不是事實，就開始到處傳來傳去，這時候他們會說 "아니면 말고."，意思就是「不是就不是（先傳消息再說）」。

어떡해?

怎麼辦？

■ 어떡하지? 怎麼辦呢？

　　此句在日常生活中很常用、也很常聽到，不過在這裡必須要注意的是發音和寫法，它不是發字面上的發音，正確的發音為[어떠캐]，因為有「激音化」的發音規則在。除了「어떡해？　怎麼辦？」之外，還有另一個發音一模一樣、但寫法和用法稍微不同的 "어떻게"，也因為激音化的發音規則導致發[어떠케]，"어떻게" 是「如何（how）」的意思，而且是副詞，所以後面還需要接動詞或形容詞。

그럼 되겠네요

這樣也好

　　意思為「照著對方所說執行就可以了」，請看以下例句：

A：회의 끝나고 같이 점심 식사 어때요?　開完會後一起吃個中餐如何？
B：네. 그럼 되겠네요.　也好。

그럼 되겠네요.

　　A建議開完會後一起吃午餐，B回覆 "그럼 되겠네요."，代表同意對方，中文可以翻成「這樣也好」、「這樣做應該就行了」。

051

얼마 안 됐어요
沒很久

表示做某件事情沒有過很久，請看以下例句：

얼마 안 됐어요.

❶ A：한국어 배운 지 얼마나 됐어요?
　　學韓文學了多久？
　 B：얼마 안 됐어요.
　　沒很久。

❷ A：언제 이사했어요?
　　什麼時候搬家的？
　 B：얼마 안 됐어요.
　　沒很久。

052

별거 없어
沒什麼

별거 없어.

　"별거" 指「特別的東西」，在口語當中不一定指物品，像是某間餐廳很多客人，但其實味道普普通通，根本不知道為什麼那麼多人的時候，可以說：「별거 없어.　那家其實沒什麼。」或者是看到皮膚很好的人，我們問她秘訣，如果對方沒有特別的秘訣，就可以回 "별거 없어."。

053

나쁘지 않죠?

還不錯吧？

　　若把「還不錯吧？」這句翻成韓文，大家的第一個答案應該是
"괜찮죠?"，當然用 "괜찮죠?" 也沒有錯，可是韓國人愛用否定句型來表
達，若下次有機會，不妨使用 "나쁘지 않죠?"。

054

무슨 생각을 그렇게 해?

在想什麼？

　　此句指：「什麼事情想得那麼認真？」
看到有人很認真地在想事情時，可以問他
"무슨 생각을 그렇게 해?"。

小筆記

💡 무슨和뭐

　　"무슨" 和 "뭐" 皆為中文的「什麼」，不過它們的用處不同。"무슨" 後面接名詞
來修飾，例如：「무슨 뜻이에요? 是什麼意思？」「무슨 음악을 좋아해요? 喜歡什
麼音樂？」"뭐" 後面直接接動詞或形容詞，例如：「뭐 좋아해요? 喜歡什麼？」
「뭐가 맛있어요? 什麼好吃？」

055

당연하지요
當然啊

　　"-지요" 可以縮寫成 "-죠"。有時候會聽到 "당연히" 這三個字，"당연히" 為副詞，例如：「당연히 알지요. 當然知道啊！」「당연히 먹었지요. 當然吃過了。」

056

입소문 났어요
口碑好

- 그 강의가 재미있다고 입소문 났어요.
  大家都說那門課很有趣。
- 입소문 난 식당이에요.
  這是口碑好的餐廳。

　　"소문" 是「謠言」，"소문 나다" 指「消息傳開」。"입소문" 為「用嘴巴傳出來的謠言」，指的就 是「口碑」。

귀찮아
懶散

"귀찮아." 指懶惰、懶散,是很多韓國人的口頭禪。韓文有個單字叫 "게으름뱅이",是「懶惰蟲」的意思。另外還有一個有趣的單字,就是 "귀차니즘",它是 "귀찮" 加了ism 變成的網路用語,表示懶散的狀態。

질렸어요
膩了

- 질릴 때까지 먹는다. 吃到膩。
- 질릴 때까지 듣는다. 聽到膩。

"질리다" 可以用在人事物上,中文為「膩了、受夠了」。當我一旦有了喜歡吃的食物,能夠每一餐連續好幾個月吃同一種食物吃到膩,韓文可以說 "질릴 때까지 먹는다.";喜歡的音樂會重複聽幾萬次聽到膩,這時候後面多加「聽」的動詞,變成 "질릴 때까지 듣는다." 即可。"질리다" 也可以使用在人身上,當某人很愛發脾氣、動不動就要大吼大叫,旁邊的朋友或家人就會說 "질렸어.",代表已經受夠、不想再說了。

질렸어요.

059

안 그래요?

不是嗎？

回問對方是否認同自己的説法時使用，肯定句和否定句後面都可以接。請參考以下應用方式：

1. 오후에 비가 올 것 같은데. 안 그래요?
   下午看起來會下雨，你不覺得嗎？
2. 너는 항상 네 말만 하잖아. 안 그래?
   你總是説你想説的話，不是嗎？

안 그래요?

060

담화 표지

各種發語詞

1. **있잖아**：等同於中文的「就是啊……」。
2. **뭐더라**：一時想不起要説的話的時候使用，等同於中文的「那個什麼……」。
3. **저기요**：在韓國，對於不認識的人不使用「先生、小姐」的用詞。韓文的先生、小姐是 "____ 씨"，"씨" 的前面一定要加人名，而且 "씨" 不能單獨使用，所以如果不知道對方的名字，也沒辦法用 "씨" 這個詞了。這時候不管是在餐廳也好、在路上也好，我們可以用 "저기요" 來稱呼不認識的人。
4. **자**：想要引起別人注意時使用，等同於中文的「來」。例如：「자, 여기 보세요. 來，請看這裡。」

담화 표지

061

내 말이
就是啊

■ 그러니까. 就是啊。

完整的句子是 "내 말이 그 말이야.",代表「就是説啊」、「我就説嘛」的意思。有一天學生問我:「老師,為什麼我的韓國朋友一直説四隻啊?」當時我不懂學生問的問題,直到剛好看韓劇《Sky Castle(天空之城)》,聽到扮演陳珍熙角色的吳娜拉整天説 "내 말이,내 말이.",我才知道這句(내 말이)和韓文的四隻(네 마리)的發音一模一樣,才會導致那位學生誤會了!除了 "내 말이." 外,"그러니까." 也是相同的意思。

내 말이.

062

어쩔 건데?
你想怎樣?

■ 그렇다면 어쩔 건데? 如果是的話你想怎樣?
■ 알면 어쩔 건데?　　知道又怎樣?

講這句必須要注意口氣,它可以是有攻擊性的,也可以是純粹好奇而問的。如果口氣不好,對方可能會以為説話者是有敵意的。通常 "어쩔 건데?" 前面會多加其他句子應用。

어쩔 건데?

063

다 됐어요?

好了嗎？

■ **아직 안 됐어요.** 還沒好。

　　"되다"的用法非常多，在此句的用法為「達到某個程度」。"다 됐어요?"用來問對方有沒有準備好，如果要回答「還沒有好」，可以說 "아직 안 됐어요."。

　　"다 됐어요." 前面可以多加名詞來應用，例如：「시간 다 됐어요.　時間已到。」「소화 다 됐어요.　消化好了。」

064

잘 먹네

很能吃耶

■ **한국 사람들이 잘 먹을까요?**
韓國人會喜歡吃嗎？

　　"잘 먹네" 指很會吃，不管他本身是吃貨，還是很會吃某一樣食物都可以說，表示吃得津津有味。對象不一定是人，如果狗狗很愛吃零食時，也可以使用。

잘 먹네.

근데?
所以呢?

　　此句如果沒有加問號是指「但是」，後面多了一個問號就變成：「所以呢？」「然後咧？」因為後面多了一個問號，語調就必須要往上。請看以下例句：

❶ 지금 비가 와요. 근데 우산이 없어요.
現在在下雨，但是沒有雨傘。

❷ A : 나 어제 면접 보러 갔다.
我昨天去面試。
　 B : 근데?
然後咧？（結果如何？）

정신 차려
清醒一點

■ 정신 못 차렸어. 還沒清醒。

　　"정신 차려." 是振作、打起精神的意思。早上看到同事還沒睡飽，我們就可以跟他說：「커피 좀 마시고 정신 차려. 喝點咖啡來清醒一下。」或是朋友失戀整天在哭鬧，我們也可以跟他說"정신 차려."。這句可以用否定句來應用：「정신 못 차렸어. 還沒清醒。」

정신 차려.

067

오늘은 내가 살게
今天我請客

■ **각자 내자.** 我們各付各吧。

　　很多人在韓劇裡聽過：「내가 쏠게. 我請客。」這是口語的説法，我們也可以改用 "내가 살게."。那「我們各付各吧」的説法呢？"각자 내자."，在韓國比較少分開付錢（各自付各自）的文化，通常一個人請客，那麼另一個人就會請喝咖啡；如果和前輩吃飯，年紀大的前輩會請後輩。此外，基本上韓國的店家不會幫我們分開結帳，若要分開結帳，自己要先收好錢、再一起給店家總金額。

오늘은 내가 살게.

068

시간 괜찮아요?
有空嗎？

■ **시간 있어요?** 有空嗎？
■ **시간 돼요?** 　有空嗎？

　　要詢問對方有沒有空，最簡單的問法就是 "시간 있어요?"，除了這句外，韓國人也常用 "시간 괜찮아요?" 或是 "시간 돼요?"。如果想要更進一步問對方什麼時候才有空，把句子改成「언제가 괜찮아요? 什麼時候方便？」即可。

시간 괜찮아요?

뭘요
怎麼會

"뭘요." 為「不客氣、怎麼會」的意思。在許多韓文課本裡，把不客氣寫成 "천만에요."，雖然它是「不客氣」的韓文，但是實際上沒有什麼人會使用，通常用 "아니에요."、"뭘요." 居多。"뭘요." 除了可以當不客氣，還可以在以下情況下使用：

A：한국어를 잘하시네요.　你的韓文很棒耶！
B：뭘요.　不會啦、你太誇獎了。

當A稱讚B的時候，B使用了 "뭘요."。當我們聽到對方的稱讚時，使用 "뭘요." 委婉回覆，表示不敢當。

아직 멀었어요
還要很久

■ 아직 몰라요.　還不知道。

"아직" 為「還沒、還要、還」的意思。此句可以當疑問句使用，對於步調快、個性很急的韓國人來説，不少人會在等餐時使用：「아직 멀었어요? 我還要等很久嗎？」

WC

071

왜냐하면 _____
因為_____

當我們學習韓文時，會看到許多關於「因為」的不同文法，但很多都加在句子的中間。有時候想要一開頭就說「因為」，這時候使用 "왜냐하면" 就可以了。

1. 오늘 수업에 못 가요. 왜냐하면 일이 많거든요.
= **오늘 일이 많아서 수업에 못 가요.**
  今天因為事情多，沒辦法去上課。

2. 저는 땅콩을 못 먹어요. 왜냐하면 땅콩 알레르기가 있어요.
= **땅콩 알레르기 때문에 땅콩을 못 먹어요.**
  因為對花生過敏，無法吃花生。

072

딱 질색이에요
厭惡

■ 혼자 밥 먹는 건 딱 질색이에요.
  非常討厭自己一個人吃飯。
■ 벌레는 딱 질색이에요.
  非常討厭蟲子。

此句表示極其厭惡，比 "싫어요." 的語氣還要強烈。"딱" 這個副詞用於非常討厭、不喜歡，或是不開心的時候。

피곤하다
累了

「累」有兩種表達方式，第一種是 "힘들다"，第二種是 "피곤하다"。"피곤하다" 是「疲勞、疲憊」的意思，一般指身體上的疲勞，但是這個單字還有個有趣的用法，如果身邊有人一直纏著你、讓你很累，韓國人會說這個人是 "피곤한 스타일"，或者什麼事情都要做得非常完美，還會影響到身邊人的人。這裡有個文法要注意："피곤하다" 為「疲勞」的形容詞，後面要搭配名詞的時候必須要加上「冠形詞」後，變成 "피곤한 스타일"。

小筆記

💡 **何謂冠形詞?**

冠形詞的主要用處是拿來修飾後面名詞時使用，例如：可愛「的」貓咪、好吃「的」蛋糕，句子當中的「的」就是所謂的冠形詞。請參考以下表格：

形容詞的冠形詞 A-(으)ㄴ+N

無終聲的時候	예쁘다（漂亮）+꽃（花）→ 예쁜 꽃（漂亮的花）
有終聲的時候	짧다（短）+머리（頭髮）→ 짧은 머리（短短的頭髮）

請注意！冠形詞必須從「原形」去改，要看原形是否有終聲，但是此文法會有不規則的變化。

1. ㄹ的不規則：去掉 ㄹ 後接冠形詞
길다（長）+머리（頭髮）→ 긴 머리（長的頭髮）
달다（甜）+음식（食物）→ 단 음식（甜的食物）

2. ㅂ的不規則：去掉 ㅂ 後添加우，再接冠形詞
귀엽다（可愛）+고양이（貓）→ 귀여운 고양이（可愛的貓咪）
맵다（辣）+김치（泡菜）→ 매운 김치（辣辣的泡菜）

074

눈치가 빠르네요
很會看眼色

- 눈치가 없네요. 真不會看眼色耶！
- 눈치 챘어? 已經發覺了嗎？

　　此句指某人很會察言觀色。如果在韓國生活，會發現韓國人很重視"눈치"這樣東西，因為如此，也有不少關於"눈치"的單字，像是"눈치 보다"（看臉色），對於不會看臉色的人可以說"눈치 없다"（不會看臉色），查覺到某件事情時使用"눈치 채다"（察覺）。

075

지금 배달돼요?
現在可以叫外送嗎？

　　韓國是全世界外送文化最發達的地方，之前還有過「30分鐘內沒送到餐點免費」等活動，由此可知，韓國人多麼重視外送文化。因為每個店家打烊的時間都不一樣，所以在很晚的時間叫外送時，第一句會先問"지금 배달돼요?"。

지금 배달돼요?

小筆記

 叫外送時，可能會用到的句子

　　人氣最高的外送食物是什麼呢？就是炸雞和炸醬麵，但是像炸醬麵一樣價位較低的餐點有時候不能只叫一人份，這時候我們可以問：「1인분도 배달돼요? 一人份的餐點也可以嗎？」如果想問店家外送要多久，可以問：「얼마나 걸려요? 要花多少的時間？」需要免洗筷的話可以說：「일회용 젓가락 좀 가져다 주세요. 請幫我拿免洗筷。」

이야기 많이 들었어요
很常聽到關於您的消息

當我們和不認識的人見面，但此人與我身邊的人很熟悉或相處很親近時，會用 "이야기 많이 들었어요." 來打招呼，這時候並不是說真的很常聽到關於他的事情，只是一種禮貌性的用法，我們把它理解成「很常提起你」即可。

이야기 많이 들었어요.

그때 뵙겠습니다
到時候再見

"뵙다" 為 "보다" 的敬語，平常說的 "그때 봐요." 和 "그때 만나요." 不適合對長輩說。如果說話的對象是長輩，我們可以用格式體加上 "뵙다" ，變成 "그때 뵙겠습니다." 。韓文的「처음 뵙겠습니다. 初次見面。」也是這樣來的。

그때 뵙겠습니다.

078

뭐 이런 걸 다 사 왔어요
幹嘛帶這些東西來

　　對於對方送的禮物表達感謝之意的客套話，是固定的用語，使用「그냥 오시지. 人來就好。」也可以。送東西時也可以說聲：「별거 아니지만 받으세요. 只是個小小的心意，請收下吧。」

小筆記

💡 **韓國人的집들이（喬遷宴）文化**

　　依韓國人的傳統習俗，若搬到新家會邀請親近的人舉辦 "집들이"。被邀請的人在喬遷宴上要送什麼禮物給家主呢？答案是滾筒衛生紙和洗衣精。很多人以為送衛生紙和洗衣精是因為實用，但它其實是有涵義的。送滾筒衛生紙是希望搬到新家後，所有的事情都如同衛生紙般容易解開；贈送洗衣精則是希望幸福能如同泡沫一般蓬勃滿溢。

079

어떻게 오셨어요?
有什麼事嗎？

　　直接翻譯成中文是：「怎麼來的？」「為何而來？」用來詢問對方來到一個場所的目的，中文可以翻成：「有何貴幹？」「有什麼事嗎？」此句是使用敬語的表達方式，是客氣的問法，如果想要用更簡單的方式，用「무슨 일이세요? 有什麼事嗎？」詢問也是可以。

（어떻게 오셨어요?）

080

괜찮을 것 같아요
我覺得不錯

■ 좋을 것 같아요. 我覺得不錯。

　　"-(으)ㄹ 것 같아요" 用來表達自己想法和感受，此句和 "괜찮아요." 的中文意思一樣，不過給人的感覺卻是不一樣的。"-(으)ㄹ 것 같아요" 是委婉地表達自己的想法，所以給人較為舒服的感覺。例如 "추워요." 和 "추운 것 같아요." 明明同樣是表達「冷」，但後者把自己的想法用間接的方式講，適合對長輩或和不熟悉的人在一起的時候說。

괜찮을 것 같아요.

081

집에 가서 연락할게
到家後再聯絡你

■ 집에 가서 연락해. 回到家後記得聯絡我。

집에 가서 연락할게.

　　朋友聚餐或約會完各自回家時，除了每次都用 "잘 가.(안녕히 계세요.)" 之外，不妨用用看新的句型 "집에 가서 연락할게."，提升韓語表達能力。若要請對方記得聯絡，可以改用命令句 "집에 가서 연락해."，"연락해." 雖然看起來是現在式，不過韓語的現在式也可以當命令句使用。

082 얼마 안 남았어요

剩下不多

61頁第051句有學過類似的句子 "얼마 안 됐어요.",但 "얼마 안 남았어요." 指東西剩下不多,這是店員和電視購物台愛用的句子。當我們正在煩惱到底要不要買,這時候店員會在旁邊說:「얼마 안 남았어요. 剩的不多。」刺激我們想趕快買下來的衝動。"얼마 안 남았어요." 不一定是指東西,還可以指時間,例如:

A:언제 방학이에요? 什麼時候放假?
B:얼마 안 남았어요. 差不多要放假了。

083 관심 없어요

沒興趣

- 한국어에 관심(이) 많아요. 對韓文有興趣。
- 한국어에 관심(이) 없어요. 對韓文沒興趣。

관심 없어요.

"관심" 是「關心」,所以有些人會以為這是指「沒有關心」,其實 "관심 없어요." 是指「沒興趣」。比較有趣的用法是當我們接到推銷電話時,可以跟推銷人員說一句 "관심 없어요." 後掛電話。如果想要表達對某件事情很有興趣,可以説 "-에 관심이 많아요"。

어디 갔다 왔어?

剛剛去哪裡?

- 갔다 올게요. 　　我去去就回。
- 군대 갔다 왔어요? 你有當完兵嗎?

　　此句指:「剛剛去哪裡?」"갔다 오다"是「去……回來」。「我去去就回」也使用這個單字:"갔다 올게요."。繼續看其他應用句:「군대 갔다 왔어요? 你有當完兵嗎?」"군대"(當兵)對韓國男生來說是不可缺少的話題,在韓國當兵比臺灣久,通常還沒大學畢業就會先去當兵,而且韓國人認為當完兵才會變得更懂事。若要改成否定句,把代表否定的"안"(不、沒有)加在動詞前面即可:「안 갔다 왔어요. 還沒去。」

어디 갔다 왔어?

여전하네요

依舊如此

　　此句指人、習慣、場所等沒有變化,依舊如此。如果和一個很久沒見的人見面,可以說"여전하네요.",這時候的"여전하네요."只是一種打招呼、客套話而已。

086

몇 년생이세요?

你幾年次的？

■ 무슨 띠예요? 你屬什麼？

　　韓國人在第一次見面時喜歡問年紀，如果被問了，請不要誤會對方有敵意，其實韓國人問年紀是有原因的。韓文有分「半語」和「敬語」，通常看到年紀相近的人會先問個年紀，再判斷到底要用敬語還是用半語和對方聊天。"몇 년생이세요?"比起"몇 살이에요?"（你幾歲？）更委婉。

　　韓國是用西元紀年，舉例來說，如果要回答1991年生，就說九十一（구십일）或九一（구일）年生即可，不過也有些人會用「무슨 띠예요?　你屬什麼？」來詢問年紀。在這裡我們必須要知道一件事情：韓國算年紀的方法比較特別，從出生的那一年開始算1歲。如果12月出生，過了一個月之後的1月，就變成2歲了。

몇 년생이세요?

087

그렇게 해

那就這麼辦吧

　　允許對方照著對方所說的事情去做。此句可以在各種場所使用，像是在美容院或餐廳，髮型設計師提議髮型或餐廳員工推薦某個口味的時候，可以使用這句回答，代表：「好吧，照你所說的去做。」不過這時候必須改成敬語"그렇게 하세요."、"그렇게 해 주세요."。

그렇게 해 주세요.

말하자면 길어
說來話長

此句代表故事太長、不想說了。如果是「就算說來話長還是想要說」的時候，用 "말하자면 긴데..." 來開口即可，"-(으)ㄴ데" 用於話還沒說完的時候。請看以下兩個對話：

❶ A：어떻게 된 거야?　到底怎麼回事？
　　B：말하자면 길어.　說來話長（所以我就不說了）。

❷ A：어떻게 된 거야?
　　　到底怎麼回事？
　　B：말하자면 긴데 내 잘못은 아니야.
　　　說來話長，不過不是我的錯就對了。

말하자면 길어.

잘 잤어?
有睡飽嗎？

字面上的意思為：「有睡好嗎？」「有睡飽嗎？」此句並不是真的好奇到底對方昨晚有沒有睡好，而是早上使用的問候語。

韓文的打招呼不像中文有分「早安」或「午安」，都是用 "안녕하세요."，不過有時候也可以用用看其他的表達方式，例如 "잘 잤어(요)?" 或是 "좋은 아침이에요." 也是不錯的用法。

잘 잤어?

그냥 오세요
人到就好

邀請別人來家裡或公司時，可以說一句 "그냥 오세요."，把它直接翻成中文是「你就來吧」，意思是指什麼都不用準備，人到就好。如果對方已經買了東西，當我們收到對方的東西時可以說 "그냥 오지."，"지" 是「應該要……」、「為何不……」，"그냥 오지." 是說：「為何不直接來？」也就是指「幹嘛買這些東西？」的意思。

그냥 오세요.

하나도 몰라요
完全不知道

"하나도"（一個都、一個也）的後面必須接否定，例如：

1. 하나도 몰라요.　　　完全不知道。
2. 하나도 안 먹었어요.　完全沒吃。
3. 하나도 안 했어요.　　完全沒做。
4. 하나도 재미없어요.　很無聊。
5. 하나도 어렵지 않아요.　很簡單。

왜 반말해?
為何說半語？

這句話可能對外國人來說是比較無法理解的部份。韓國很重視說話禮儀，和日文一樣有 "존댓말"（敬語）和 "반말"（半語），就算對方只比我大一歲，還是得用敬語，除非年紀大的對方允許年紀小的人說半語。不過有時候會遇到直接說半語的人，那對方就會問：「왜 반말해? 你為何說半語？」 吵架的時候會常常聽到這句話。

왜 반말해?

역시
果然沒錯

很多人以為 "역시" 只能加在句子裡當作「也」的意思，但是它還可以單獨使用。請看以下例句：

A：소문 들었어요? 두 사람이 사귄대요.
　　聽說了嗎？聽說他們倆在一起。

B：역시.
　　果然！

A：알고 있었어요?
　　你本來就知道嗎？

B：벌써 눈치챘어요.
　　早就觀察到了。

역시.

094

말 놓으세요
請不要說敬語

　　字面上的意思為「把話放下來」，是請對方不要說敬語，說半語就好。韓國人對不認識的人、不熟的人和長輩會使用敬語，有時候年長者會對晚輩禮貌上使用敬語說話，這時候晚輩可以說 "말 놓으세요." 。在韓國，對方就算只比我大一歲，也要使用敬語說話。

말 놓으세요.

095

징크스가 있다
晦氣

　　"징크스" 是英文jinx翻過來的外來語，也是韓國人常用的單字。"징크스" 指某個東西或事情長期下來給某人帶來厄運或不好的事情，舉例來說，當我固定穿某件衣服出門時會遇到不開心的事情，這時候就可以說 "징크스가있다" 。再舉另外一個例子，有些韓國人相信考試前喝海帶湯會落榜，如果有一天真的喝了海帶湯後考試落榜了，那喝海帶湯這件事情就會變成他的 "징크스" 。

미쳤나 봐
看來是瘋了

　　"-나 보다" 使用於「間接」的經驗上，換句話說，這個經驗不是我所體驗過的事情。前面接了「過去式」代表動作已經結束，就算瘋的動作還持續著，但「瘋」（미치다）這個動詞，不管現在還有沒有持續，都得用過去式來說。

미쳤나 봐.

어쩌다가
怎麼搞的

　　"어쩌다가" 大致上有兩種用法，第一是「偶爾」，第二是「怎麼搞的」。請看以下例句：

　　A：나 입원했어.　　我住院了。
　　B：아니, 어쩌다가?　啊，是怎麼了？

　　B問A到底發生什麼事情、為什麼受傷，直接說 "어쩌다가" 就可以了。

어쩌다가...

098

억지야
無理取鬧

■ 내가 웃었다고 자기를 좋아한다니. 너무 억지야.
對他笑就代表喜歡他，真是沒道理。

"억지"用於不講理、沒道理的事情上，是名詞，後面可以接其他名詞，也可以單獨使用。

억지야.

099

아깝다
可惜

除了字面上的「可惜」之外，用在日常生活中還有另一個不同的意思。舉例來說：如果有一對情侶，其中一個人又美又聰明又善良，但另一個人脾氣卻非常差，這時候我們會對善良的那個人說 "아깝다."，代表脾氣差的人不值得和她在一起。

그런 편이에요

算是

"-(으)ㄴ 편이다" 為「算是」。有時候回話不需要重複對方說過的，就可以直接說 "그런 편이에요." 即可，例如：

A : 커피 자주 마셔요?
　　你常喝咖啡嗎？
B : 네. 그런 편이에요.
　　對啊，算是。

그런 편이에요.

小筆記

💡 **算是（-(으)ㄴ 편이다）的用法**

無終聲的時候	예쁘다（漂亮）→ 예쁜 편이다（算漂亮）
有終聲的時候	많다（多）→ 많은 편이다（算多）

"-(으)ㄴ 편이다" 為原形，在應用時需要修改語尾。例如：

1. 저는 키가 큰 편이에요.　　　我的個子算高。
2. 한국 친구가 많은 편이에요.　我的韓國朋友算多。
3. 날씨가 좋은 편이었어요.　　　天氣算不錯。

第 2 章

韓國人日常生活會用到的150句

101 이것 좀 알려 주세요
請教我一下

- 이것 좀 도와주세요.　能幫我一下嗎？
- 이것 좀 들어 주세요.　能幫我拿一下嗎？

　　"이것 좀" 可以當開頭的句子，例如：
「이것 좀 알려 주세요.　能教我一下這個
嗎？」「이것 좀 도와주세요.　能幫我一
下嗎？」「이것 좀 들어 주세요.　能
幫我拿一下嗎？」"좀" 是韓國人
請求別人做某件事情時添加的副
詞，中文翻成「拜託、麻煩」。其
實，有沒有 "좀" 不會影響我們要
表達的句子，但加了就會給對方較
委婉的感覺。

이것 좀 알려 주세요.

102 그냥 아는 사람이에요
只是點頭之交而已

- 그냥 아는 사이예요.　只是點頭之交而已。
- 별로 안 친해요.　　　我跟他不太熟。

　　"그냥" 是中文「就……」的意思，這句
我們可以理解成「只是個認識的人，點頭之交
而已」。有些人會把 "사람" 改成 "사이"
（關係），變成 "그냥 아는 사이예요."，也
是相同的意思。如果想要問：「是你認識的人
嗎？」那麼把 "그냥" 拿掉後改成疑問句
"아는 사람이에요?" 即可。

그냥 아는
사람이에요.

103

그냥 보는 거예요

我只是看看而已

- 들어와서 구경하세요.　進來看看吧。
- 뭐 찾으시는 거 있으세요?　在找什麼嗎？
- 천천히 보세요.　慢慢看吧。
- 필요하면 말씀해 주세요.　如果有需要的話再跟我們說。

　　走在韓國某些特定的觀光區，很容易看到店員出來招呼客人說：「들어와서 구경하세요.　進來看看吧。」有時候還會送贈品吸引客人。有很多時候只是想要安靜地慢慢逛，但店員一直關心我們說：「뭐 찾으시는 거 있으세요?　在找什麼商品嗎？」這時候我們可以回覆 "그냥 보는 거예요."，那店員也會回我們：「천천히 보세요.　慢慢看吧。」「필요하면 말씀해 주세요.　需要的話跟我們說唷！」

　　我們來多學一個單字吧，只看不買的韓文叫 "아이쇼핑(Eye shopping)"，它是韓式英文。

104

생각보다 _____

比我想像中的還要 _____

- 김치가 생각보다 매워요.　　　　　泡菜比我想像中還要辣。
- 한국어가 생각보다 어렵네요.　　　韓文比我想像中的還要難耶！
- 어제 간 식당이 생각보다 맛있었어요.　昨天去的餐廳比我想像中還要好吃。

　　"생각" 是「想法」的意思，在這裡要翻成「想像」，"생각보다" 的中文為「比我想像中的還要……」，後面接動詞和形容詞都可以。例如想表達「比我想像中的還要不錯」，則改成 "생각보다 괜찮다."。

그러지 말걸
我不應該這樣的

　　"-지 말걸"用於後悔做某件事情的時候，中文為「不應該……」，前面接動詞即可。此句可以應用成"그러지 말고＿＿＿＿＿＿"的句型，是勸導別人不要這樣做，後句接建議對方的事情。「그러지 말고 화 풀어요.　不要這樣，消消氣啦！」「그러지 말고 한번 먹어 봐요.　不要這樣，你吃吃看嘛！」

小筆記

💡 「-지 말걸　我不應該……」的用法

　　如果是後悔自己做的事情，請使用"-지 말걸"。請注意，它只能當結尾，例如：「말하지 말걸.　我不應該說的。」「야식 먹지 말걸.　我不應該吃宵夜的。」

　　如果後面要連接其他句子，而且是想要勸導別人「不要做前句、建議做後句」時，請使用「그러지 말고＿＿＿＿＿＿　不要這樣，你應該要……」的句型。

왜 그런 거래?
他為什麼要這樣做？

■ **왜 그런 거야?** 為什麼要這樣做？

왜 그런 거래?

　　"래"是「間接引述」的用法，意思為「他說……」、「某人說……」，所以"왜 그런 거래?"這句話就是「（他說）他為什麼要這樣做？」的意思。如果直接問對方：「你為什麼要這樣做？」那麼把間接引述的"래"改掉即可，變成"왜 그런 거야?"。

107

조금밖에 못해요
我只會一點點

■ 한국어 좀 할 줄 알아요. 我會一些韓文。

有時候直接把中文翻譯成韓文，會導致錯誤的句子。像是「我會一點點的韓文」，很多人會把它翻譯成 "조금 해요. (한국어 좀 할 줄 알아요.)"，這句話從字面上看起來沒有什麼問題，但它的韓文意思更接近「我會一些」、「我還蠻會說的」，並不太像是中文說的「我只會一點點而已」。若想要強調我真的只會那麼一點點，改用 "조금밖에 못해요." 會更適合。

조금밖에 못해요.

108

저 아세요?
我認識你嗎？

■ 우리 언제 만난 적 있나요? 我們在哪裡見過面嗎？

翻成中文是「我認識你嗎？」或「你認識我嗎？」的意思，在韓文若用「我認識你嗎？」來翻譯的話會變成 "제가 당신을 알아요?"，不過韓文不會這樣說，韓文只會用「你認識我嗎？」來表達。其他說法是 "우리 언제 만난 적 있나요?"，意思是「我們曾經在哪裡有見過面嗎？」，比起 "저 아세요?" 不會太直接，而且更委婉。

저 아세요?

혹시나 해서요
我只是好奇而問

■ 혹시나 해서 물어봤어요. 我只是好奇問的。

　　此句分為兩種不同意思，第一個意思為「以防萬一」，第二個意思為「只是好奇是不是這樣」。請看以下應用方式：

❶ A：우산 챙겼어요?　有帶雨傘嗎？
　　B：네. 근데 왜요? 비 온대요?　有，不過怎麼啦？今天會下雨嗎？
　　A：아니요. 혹시나 해서요.　沒有啦，以防萬一啦。

　　在這個對話裡，A怕會下雨，所以為了以防萬一問B。我們繼續來看另一個應用方式：

❷ A：그 두 사람 헤어졌어요?　他們分手了嗎？

혹시나 해서요.

　　B：모르겠는데 왜 그래요?　不太清楚耶，怎麼了？
　　A：저번에 싸우는 것 같았는데 그냥 혹시나 해서요.
　　　　上次似乎是在吵架，所以好奇問問。

　　在這裡A說的 "혹시나 해서요" 是好奇有沒有分手，和第一個對話應用的意思不同。

내가 알기론 _____
據我所知 _____

　　表達自己想法的句型有很多種，若想要表達自己知道的事情，可以用 "내가 알기론" 開頭，請看以下應用句：

A：한국 음식은 다 맵대.　聽說韓國的食物都很辣。
B：그래? 내가 알기론 아닌데.　是嗎？可是我知道的並不是這樣耶。

나라면 _____

如果是我，_____

■ **너라면 어떻게 할 거야?** 換作是你的話，你會怎麼做？

　　在這裡 "라면" 並不是拉麵！而是假設用語，想表達：「換作是我的話，我會……」的時候使用。來應用一下，如果我要說：「換作是你的話，你會怎麼做？」這句應該怎麼說呢？答案是 "너라면 어떻게 할 거야?"

💡 假設用語有哪些？

　　最常見的用法為 "A/V-(으)면"、"N-(이)면"，接下來就是 "A/V-ㄴ/는/다면"、"N-(이)라면"。請比較以下兩句：

1. 아프면 안 와도 돼요.　如果不舒服的話，可以不用來。
2. 하와이에 눈이 온다면 눈사람을 만들 거예요.　如果夏威夷下雪的話，我要做雪人。

　　第一句的 "A/V-(으)면" 和第二句的 "A/V-ㄴ/는/다면" 比較起來，發生的機率高。相對地來說 "A/V-ㄴ/는/다면" 是使用在發生機率低，或是不太可能會發生的事情上。所以想要假設「如果我是你的話」，會用 "내가 너라면" 來表達（ "N-(이)라면" 的用法），因為我們不可能會變成另外一個人。

맛 좀 보세요

品嚐看看

　　"맛" 是「口味、味道」，"맛보다" 可以是「親自體會某件事情」，也可以當作「品嚐食物」。第一種意思的用法：「실패를 맛보다.　經歷了失敗。」，第二種意思的用法：「할머니의 김치를 맛보다.　品嚐奶奶的泡菜。」

113

하루 이틀이 아니에요
不是一兩天的事情

　　不是一天兩天的事情，也就是指某件事情很頻繁的發生。此句帶有負面的意思在，通常媽媽會對整天打電動不讀書的小孩說，或是老婆對愛喝酒晚回來的老公說。

　　我們來學一下「天數」的說法吧！若要表達天數，可以有兩種不同的用法，第一種方法為「漢字音數字+일（日）」，第二種方法請參考以下表格：

하루 一天	이틀 二天	사흘 三天	나흘 四天	닷새 五天
엿새 六天	이레 七天	여드레 八天	아흐레 九天	열흘 十天

　　除此之外，「十一天」的說法是 "열하루"，「十五天」則是 "보름"，所以滿月的韓文叫 "보름달"，意思就是「第十五天的月亮」。

114

뻔하지
連想都不用想

■ 안 봐도 비디오다. 連想都不用去想。

> 뻔하지.

　　中文意思為「即使沒有親眼目睹事情的經過，但很清楚事情的結果」，還有一句類似的用法，也是韓國人愛用的句子："안 봐도 비디오다."。那為什麼會這樣表達呢？因為 "비디오"（video）就是錄影帶的意思，是已經錄好的，不管重複播放幾次都會是一樣的內容和結果，所以這句話用於「就算沒看到事情的過程或結果，也知道該事情的發展」的時候。

115

뜻밖이다
在我的預料之外

뜻밖이다.

　　用於「沒想到」的情況，或是「預料之外」的事情上。除了直接說 "뜻밖이다"，也使用成 "뜻밖의" 的句型，表示「意外的……」，例如：「뜻밖의 사고　意外的事故」、「뜻밖의 선물　沒想到的禮物」。請看以下應用句型：

A：이번에 제시카 씨가 장학금을 탔대요.　這次潔西卡領到獎學金了。
B：정말 뜻밖이네요.　真沒想到。

小筆記

韓文的各種不同語尾

　　"다" 結尾的語尾和 "-네요"（……耶、……呢）相比，比較沒有積極回應或驚訝的感覺，因為 "다" 通常是韓國人在自言自語時使用，所以在聊天時可以使用 "-네요"（……耶、……呢）當語尾，來表達驚訝的心情。

116

그러고 보니 _____
話說 _____

그러고 보니 ____.

■ 그러고 보니 그렇네요. 你這麼說，好像真的是。

　　此句為「你這麼說……」，或是轉移話題時使用。 "-고 보니" 的文法用於「當初沒想到會這樣，做了某件事情後卻發現是怎麼樣」的情況時。像 "듣고 보니" 是指聽了某件事情後發現了當初沒想到的事情，舉例來說： "듣고 보니 맞네요."，這句是指聽到這件事情之前，根本沒想到它是對的，聽完之後才發現如此。另外，它也可以用來轉移話題，中文可以翻成「話說……」，例如：「그러고 보니 제시카 씨는 왜 안 왔죠?　話說，潔西卡怎麼沒來？」

117

이렇게 될 줄 몰랐어
沒想到會這樣

■ 그럴 줄 알았어.　　　　　我就知道會這樣。
■ 네가 나한테 이럴 줄 몰랐어. 沒想到你會對我這樣。

이렇게 될 줄 몰랐어.

　　用於「沒想到事情會變成這樣」的時候，"몰랐어"是過去式，代表「當時」不知道會是這樣的結果。句型中的"-게 되다"用法很廣泛，在此句裡的用法為「變成……」。我們可以把這一句縮成"이럴 줄 몰랐어."，這時候，它的意思不一定是指事情變成怎樣，也可以指：「네가 나한테 이럴 줄 몰랐어. 沒想到你會對我這樣。」

118

말해 봤자 입만 아파
說了也白說

말해 봤자
입만 아파.

　　說了也是白說，也就是浪費口水的意思。如果是「你說了也白說」，那麼就在句子裡多加"네"（你的），變成"말해 봤자 네 입만 아파."。如果說的是我自己，那麼改成"말해 봤자 내 입만 아파."即可。

小筆記

💡 **關於嘴巴的慣用語**

關於嘴巴的慣用語有很多，我們來學一下韓國人常用的三個：

1. 입이 가볍다　大嘴巴
2. 입이 무겁다　嘴巴緊
3. 입이 짧다　　飯量少、小鳥胃

119

그냥 해 본 소리야
只是隨便說說而已

這句話意味著「別這麼認真，我只是隨便說說而已」，尷尬的時候也會用這句帶過去，類似的句型為 "그냥 하는 말이야." 。我們來看看應用方式：

A：100만원만 빌려 줘.
借我一百萬。

B：뭐라고? 저번에 빌린 돈도 안 갚았잖아.
什麼？連上次借的都沒還我啊！

A：화내지 마. 그냥 해 본 소리야.
不要生氣啦，我只是說說。

그냥 해 본 소리야.

120

가는 중이에요
在路上了

■ 가고 있어요.　　　我已經在路上了。
■ 거의 다 왔어요.　　快到了。
■ 지금 막 출발했어요.　我才剛出發。

這句就是中文的「我已經在路上了」。在韓國曾經做了一個有趣的調查：習慣性遲到的人最愛說的謊話，第一名就是：「거의 다 왔어요. 快到了。」因為喜歡遲到的人，說完這句還要過一段時間才會出現在約定場所。

가는 중이에요.

121 별의별 사람 다 있다
什麼人都有

　　"별의별"指「樣樣、形形色色」，後面不一定接 "사람"（人），還可以接其他名詞，例如 "별의별 물건"（形形色色的東西）、 "별의별 일"（各種奇特的事情）。請參考以下應用方式：

1. 술 취해서 길에서 자는 사람을 봤어요.　참 별의별 사람 다 있어요.
   看到喝醉酒睡在路上的人，真是什麼人都有。
2. 사회에 나가면 별의별 일 다 겪어요.
   出社會的話，什麼奇特的事情都會遇到。

별의별 사람 다 있다.

122 답 없다
沒救了

　　字面上是「沒有答案」的意思，但這句話是指「沒救了」，不一定用在人身上，對於政府、政策等都可以使用。請看以下的應用句：

답 없다.

1. 그렇게 얘기해도 안 듣더니... 정말 답 없다.
   怎麼講也不聽，真是沒救。
2. 입만 열면 거짓말이네. 진짜 답 없다.
   滿口謊言，真是沒救了。

123

아무리 그래도 그렇지
就算如此，也不能這樣做啊

此句後面可以接其他句型，也可以單獨使用。例如：

❶ 아무리 그래도 그렇지 어떻게 나한테 얘기도 안 해?
  就算如此，你怎麼都不跟我說呢？
❷ A：너무 화나서 동생 때려 버렸어.　因為太生氣打了弟弟。
  B：에이. 아무리 그래도 그렇지.　唉，就算生氣也不能這樣啊。

第一個例句"아무리 그래도 그렇지."後面加了其他句子做為補充，第二個句子直接說"아무리 그래도 그렇지."，代表就算這樣也不應該打。

아무리 그래도 그렇지.

124

될 수 있으면 _____
盡可能的話 _____

■ 될 수 있으면 빨리 와 주세요.
  如果可以的話，請早點來。

"- (으)ㄹ 수 있다"指「可能性」，"- (으)면"為假設用語，兩個文法加在一起變成"될 수 있으면"，中文意思為「盡可能的話」、「如果可以的話」。

들을 가치도 없어
連聽都不用聽

此句的中文意思為「沒有參考價值、連聽都不用聽」，語氣中帶有諷刺的意思。

A：내 얘기 좀 들어 봐.　聽我說好不好。
B：들을 가치도 없어. 거짓말쟁이.　聽都不用聽，這騙子。

들을 가치도 없어.

짐작은 가요
能猜想得到

"짐작"為「猜測、揣測」，"짐작은 가요"為「猜想得到」。請看以下例句：

A：누가 사장님 돈을 훔쳤대요.
　　聽說有人偷了老闆的錢。
B：그래요? 누군지 모르겠지만 짐작은 가네요.
　　是嗎？雖然不知道是誰，但可以猜想得到。

짐작은 가요.

此外，這句可以應用成 "짐작한 대로"（如同我的揣測），例如：「짐작한 대로 그 사람이 범인이네요. 如同我的揣測，原來就是他。」

127

웃긴 일 있었어요

有個搞笑的事情

■ 웃긴 일 생각났어요. 想到搞笑的事情。

　　"웃기다"表示「搞笑、好笑、可笑」等意思。因為事情已經發生，所以要用「過去式的冠形詞"웃긴"+名詞」。在應用上可以單用"웃기다"三個字，表示很有趣或是可笑。

웃긴 일 있었어요.

128

하늘의 별 따기야

很困難

■ 그 가수 콘서트 표 사기가 하늘의 별 따기야.
　買那個歌手的演唱會票很難。

　　這句是很常用的韓國慣用語，把這句直翻成中文是「摘下天空上的星星」，星星是我們人類想摘也無法摘下來的東西，因此，這句話表示實現某件事情或得到某個東西很困難。

129 식은 죽 먹기지
很簡單

■ 한국 사람에게 이 문제는 식은 죽 먹기예요.
這問題對韓國人來說很簡單。

在前面學了摘下天空上的星星，那麼現在來學一下 "하늘의 별 따기" 的相反 "식은 죽 먹기"。 "식은 죽" 是指冷掉的粥，吃涼粥很容易，所以這句話表示做某件事情非常簡單、易如反掌。和此句類似的說法為 "누워서 떡 먹기"，直翻成中文是「躺著吃年糕」，也是「做某件事情很簡單」的意思。

식은 죽 먹기지.

130 아는 척하지 마
別裝懂

"척하다" 指「假裝」，此句完整的句子為：「모르면서 아는 척하지 마. 不懂就別裝懂。」 "알다" 有兩種不同意思，第一種是「知道」，第二種是「認識」。除了字面上的「裝懂」之外，還可以用於「不想要對方跟我打招呼或搭話」的時候，韓國人也會說 "아는 척하지 마."。

아는 척하지 마.

그래야 할 텐데 걱정이에요

希望如此……真是令人擔憂

- 비가 빨리 그쳐야 할 텐데 걱정이에요. 雨要趕快停才行,真是令人擔心。
- 감기가 나아야 할 텐데요. 希望感冒趕快好起來。

先來分析一下這句的文法,"-아/어야 하다"是「必須要、應該要」;"-(으)ㄹ 텐데"為話者的推測或擔憂,這兩個文法加起來變成"-아/어야 할 텐데",前句為話者期望的情形,後句則是因這個期望產生的煩惱,此文法用於「希望某件事情實現」時,而且有擔心和煩惱的意思存在。

그래야 할 텐데 걱정이에요.

많이 파세요

祝生意興隆

"많이"是「很多」,"세요"是命令句「請……」的意思,此句直翻成中文是「請你賣很多」,換句話說就是祝對方生意興隆。不管在服飾店、市場或任何地方,結完帳後離開時除了"감사합니다."、"안녕히 계세요."之外,還可以說"많이 파세요.",這時候店家會回覆:「또 오세요. 歡迎再度光臨。」

많이 파세요.

떨어졌어요
賣完了

"떨어졌어요." 最常用的意思是「掉落」，但除此之外還有其他意思。說個有趣的真實故事和大家分享：有個外國人在韓國餐廳點餐跟員工說：「된장찌개 주세요.　來一碗大醬湯。」員工回覆：「된장찌개 떨어졌어요.　大醬湯掉了。」這外國人嚇了一大跳立刻看地板，後來才知道這裡說的 "떨어졌어요" 指「賣完」，並非掉落。

쓸모없어
沒用

此句不一定用在東西上，用在人或是事情也是可以的。通常會應用成「쓸모없는+名詞」，意思是「沒用的_____」，例如：「쓸모없는 물건 沒用的東西」、「쓸모없는 정보　沒用的資訊」。

쓸모없어.

135

더 필요한 건 없으세요?

還有沒有需要其他的呢？

　　此句是買東西或點餐時店員一定會問的話，會使用否定的方式來問：「沒有其他需要的了嗎？」與 "뭐 더 필요하세요?" 是一樣的意思。我們在前面有提到，韓國人愛用否定的方式來表達事情，所以這句通常也使用否定方式 "더 필요한 건 없으세요?" 來說。

더 필요한 건 없으세요?

136

아 다르고 어 다르다

說話要小心

　　意思是指「就算代表同樣的意思，但是說話者的講話方式和語氣不同，給人的感覺、意義也會不一樣」。此句是韓國的俗語，告訴我們說話要小心。

조용히 해 주세요
安靜一點

很多人把這句話翻成韓文時會改成 "조용하세요."，但韓文不是這樣說的！正確的韓文是 "조용히 해 주세요." 或 "조용히 하세요."。這兩句沒有太大的差別，不過前句的文法是用「-아/어 주세요　為某人做某事」，所以比起後面的命令句較委婉。

조용히 해 주세요.

길에서 만났어
在路上碰到

"만나다" 雖然是「見面」的意思，但是在這種情境下應該翻成「碰到、遇見」。有些人誤以為 "만나다" 是兩人約好見面時才能使用，但此動詞並不限定一定要事先約好才能使用，像 "길에서 만났어." 則是剛好巧遇，而非事先約好。

보이는 게 다가 아니에요
看到的並不是全部

　　字面上的意思為「看到的東西並不是全部」，此句告訴我們不能只相信外觀上看到的東西，例如平常曬恩愛的夫妻突然離婚了，這時候大家會在心裡想：兩人看起來那麼甜蜜，怎麼突然要離婚？就在這種時候我們會說 "보이는 게 다가 아니에요." 。

보이는 게 다가
아니에요.

이것 좀 봐 주세요
幫我看一下

　　不管是文件也好、穿著也好，皆可使用。對老師使用此句，意思則會變成「幫我看一下（這個寫得對不對）」，在服飾店使用的話，意思就變成「幫我看一下（適不適合我）」。

이것 좀 봐
주세요.

141 거짓말을 밥먹듯이 하네
很愛說謊

反覆做相同事情時用「밥먹듯이　像吃飯一樣」來比喻，這句直翻成中文是「說謊如同吃飯一樣」，也就是指一個人很愛說謊。此句不一定要接謊言，還可以接各種名詞，如果常遲到也可以改成 "지각을 밥먹듯이 하다"。

142 지켜보자
觀察看看吧

這裡指的「觀察」可以是身體狀況、一個人的表現或天氣……等等。此句中的 "자" 為共動句「……吧」之意，表達「我們一起觀察看看吧」的意思。請看以下應用方式：

❶ 요즘 아파트가 비싸니까 사지 말고 지켜보자.
最近房子很貴，我們先別買，觀察一下吧。

❷ A：비가 너무 많이 오는데?
雨下好大喔。

　B：일단 나가지 말고 지켜보자.
先別出門看看情況吧。

지켜보자.

143

네가 뭘 안다고 그래?

你懂什麼

　　針對愛管閒事、多嘴，或說話時不顧慮對方感受的人所說的話。有些事情是只有當事者才會知道，但旁人愛說閒話，這時我們可以對對方說 "네가 뭘 안다고 그래?" ，或者是一個人沒有專業知識，卻又裝作自己很懂，這時候也可以說 "네가 뭘 안다고 그래?" 。

네가 뭘 안다고 그래?

144

하나만 알고 둘은 모르네요

只知道一，不知道二

比喻一個人看事情只看一面，很死板。請看以下例句：

- 실력 때문에 진 줄 안다면 너는 하나만 알고 둘은 모르는 거야.
  如果以為你是因為實力輸的，那代表你只知道一，不知道二。

　　這句意味著輸給對方並不單單只是因為實力差距，還有其他原因，只是當事者並不懂。

145

한국어로 뭐라고 해요?

用韓文怎麼說？

■ 한국어로 뭐예요? 用韓文怎麼說？

　　"로"的用法非常廣泛，它是助詞，在這裡當作「方法、手段」的助詞來使用。"-라고 해요"的中文為「叫做……」。如果想要應用此句，我們可以套用"_____ 을/를 _____ (으)로 뭐라고 해요?"這一個句型，更簡單的問法是"_____ 이/가 _____ (으)로 뭐예요?"。

　　1. 학생을 중국어로 뭐라고 해요?　「學生」的中文怎麼說？
　　= 학생이 중국어로 뭐예요?
　　2. 선생님을 영어로 뭐라고 해요?　「老師」的英文怎麼說？
　　= 선생님이 영어로 뭐예요?

146

끼리끼리 논다

物以類聚

　　雖然聽起來像是負面的說法，但是它不一定是在負面的情況下使用。看到長得又漂亮個子又高的女生聚在一起，我們也會說"끼리끼리 논다"。"끼리"這兩個字表示「相同性質的族群」，有時候翻譯成「……之間」例如：
「남자끼리 _____ 男生之間」、
「같은 나라 사람끼리 _____ 相同國家的人之間」。

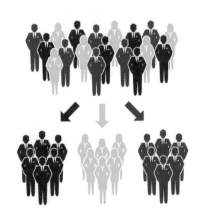

그것 좀 가져다 주세요
幫我拿一下東西

"가지다" 是「拿」，"가지다" 加 "-아/어다 주다" 就會變成 "가져다 주세요."，「為我拿過來」的意思。舉例來說，如果外面下大雨我忘了帶雨傘，這時候可以說：「우산 좀 가져다 주세요. 幫我拿雨傘。」

小筆記

-아/어 주다 和
-아/어다 주다 的比較

這兩個文法都是指為某人做某件事情，唯一的差別是 "-아/어다 주다" 指的是在其他地方幫某人做事情，然後還要把那件事情或東西帶到說話者身邊來。例如："약 좀 사다 주세요." 並不只是幫忙買藥而已，還要把藥帶給說話者。可是 "-아/어 주다" 並沒有這種意思，如果那件事情沒辦法帶到說話者身邊，只能用 "-아/어 주다" 表達，例如：「불을 꺼 주세요. 幫忙關燈。」

맛있게 먹었어?
有吃飽嗎？

韓國重視用餐的禮儀，像是吃飯前說聲 "잘 먹겠습니다."、吃飽後對長輩說 "잘 먹었습니다."、吃飯時不能把碗拿在手上吃、吃東西不能出聲音等等。那麼，現在來學一下新的句子，此句用於和朋友或晚輩用完餐後的禮貌性用語："맛있게 먹었어?"，中文可以理解為：「有吃飽嗎？」不一定是要一起用餐，只要是對方有用過餐，都可以隨口問問 "맛있게 먹었어?"，但是這句是半語，不能對年長者使用。

맛있게 먹었어?

다 네 덕분이야

託你的福

此句一定會是正面的句子。除了 "다 네 덕분이야." ,「덕분에_____
託 _____的福」也是常用的句型,例如:

1. 덕분에 잘 먹었습니다.　託你的福吃得很飽。
2. 덕분에 잘 놀았습니다.　託你的福玩得很開心。

> 다 네 덕분이야.

눈앞이 캄캄해요

前途渺茫

字面上的意思為「眼前一片漆黑」,當然也有可能是指字面上的意思,但
另一種意思為「前途渺茫、看不到希望」。請看以下例句:

A：앞으로 어떻게 할 거예요?
　　接下來要怎麼做?
B：글쎄요... 눈앞이 캄캄해요.
　　不知道⋯⋯看不到希望。

> 눈앞이
> 캄캄해요.

151

가까이하지 마
別靠近

- 가까이에 서 있어요.
  站得很近。
- 그 연예인을 가까이에서 봤어요.
  近距離的看到那個藝人了。

가까이하지 마.

　　這句除了可以用在人際關係外，還可以用在事情或物品上，這時候中文翻成「不要碰」。 "가까이하다" 是「接近、親近」的動詞， "가까이" 本身可以當名詞或副詞來應用。

152

상상에 맡길게
交給你的想像吧

　　"맡기다" 是委託的意思， "상상에 맡길게." 字面上的意思是「交給想像」，意思就是指某件事情全靠你想像了。有時候不用特別說結果，或是結果並不重要，想要留給對方想像的餘地時，會說 "상상에 맡길게." 。講故事講到一半，到最後不想說結局時，我們可以說 "결말은 상상에 맡길게." 。也可以用在抽象的事情上，例如沒吃過榴槤的人不知道榴槤的味道，吃過榴槤的人不知道該如何解釋，這時候就可以用 "상상에 맡길게." 。

153 어디가 좋으세요?
哪裡方便？

■ 어디가 편하세요? 哪裡方便？
■ 언제가 편하세요? 何時方便？

　　和朋友約地點或是在機場等劃位時皆可使用。如果地勤人員問 "어디가 좋으세요?" ，想要坐在靠走道的座位就說 "복도쪽이요." ，若要窗戶邊的座位就說 "창가쪽이요." 即可。當我們要約場所時也可以使用，或者講 "어디가 편하세요?" 也無妨。

어디가 좋으세요?

154 하던 일 계속해
繼續忙吧

　　在前面有學過 "-던" 代表「回想」，此外， "-던" 使用於還沒結束的事情上，像是「마시던 우유　還沒喝完的牛奶」、「읽던 책　看到一半的書」。 "하던 일" 可以是指還沒完成的事情， "하던 일 계속해" 這句用於「對方正在進行某件事情，被我中斷之後請對方繼續執行」的時候。例如：

A：바빠?
　　忙嗎？
B：응. 일하고 있었어.
　　嗯。剛剛在工作。
A：미안. 그럼 하던 일 계속해.
　　抱歉，你繼續忙吧。

하던 일 계속해.

155

빨리 쾌차하세요
祝你早日康復

　　"쾌차"是漢字的「快差」翻過來的，表示「痊癒」。當對方身體不適、住院等情況下，我們可以說 "빨리 쾌차하세요."。在前面學過類似的用法：請對方好好休息的韓文 "푹 쉬세요."，但是 "푹 쉬세요." 用法更廣泛，而且 "푹 쉬세요." 只是請對方好好休息，所以針對住院或病況嚴重的人，"빨리 쾌차하세요." 更適合。

> 빨리 쾌차하세요.

156

왜 그러는지 모르겠어
真是搞不懂

　　"-는지" 後面呈現句子中不確定的理由，很多時候 "-는지" 會接 "알다" 或 "모르다"。此句用於「不知道其理由」的時候，請參考以下應用方式：

1. 요즘 자꾸 나한테 화내는데 왜 그러는지 모르겠어.
   最近他一直對我發脾氣，我真的是不懂。
2. 휴대폰이 안 켜져요. 왜 그러는지 모르겠어요.
   手機打不開，不知道到底怎麼了。

> 왜 그러는지 모르겠어.

157

어디까지 얘기했죠?
剛講到哪裡了？

어디까지 얘기했죠?

　　這句是在問對方：「我們（剛剛）講到哪裡？」時間點不一定是剛剛，可以是昨天或任何一個時間點，多加個明確的時間點即可，例如：「어제 어디까지 얘기했죠? 昨天講到哪裡？」「지난주에 어디까지 얘기했죠? 上週講到哪裡？」

158

딱 걸렸어
被我抓到了

　　可以用在各種情況，例如：考試作弊被老師發現、劈腿被發現等情況之下都可以使用。韓文有一個動詞叫"보이다"，這是「看」的被動詞，很多人以為"보이다"是字面上的「被看到」，所以當他們要說「男朋友劈腿被我看到」時會使用"보이다"，但是"보이다"是「看得到」或「看見」的意思，並非使用在這種情況。如果想要表達「劈腿被我看到」，就使用"딱 걸렸어."即可。

딱 걸렸어.

159

삐쳤어?
生氣了嗎？

삐쳤어?

　　"삐치다" 很多時候會翻譯成「生氣」，但比較像是「鬧脾氣」的感覺。好朋友或情侶之間有時候會開玩笑地說：「삐쳤어？ 不開心了嗎？」若發現對方稍微有不開心，可以說：「삐치지 마. 不要不開心了。」如果要用在句子裡，可以應用成以下方式：「그 사람은 아이처럼 자주 삐쳐요. 他像小朋友一樣常常鬧脾氣。」

160

까불지 마
別放肆

　　"까불다" 指「調皮、搗蛋，放肆」。韓文有句話叫 "까불다 큰 코 다친다"，對於不知道自己的分寸、太放肆的人使用的警告用語。"큰 코 다친다" 前面不一定是接 "까불다"，還可以接其他句子，例如：「자만하면 큰 코 다친다. 太傲慢會惹出大麻煩來的。」"큰 코 다친다" 本身就是「遭殃、惹大麻煩」的意思。

까불지 마.

단도직입적으로 얘기해
有話直說

■ 단도직입적으로 얘기할게. 我直說。

這句是命令句，代表請對方有話直說，不要拐彎抹角。如果主詞是第一人稱，則把句子改成：「단도직입적으로 얘기할게. 我就直接說。」"-(으)ㄹ게요" 文法的主詞永遠是第一人稱「我」或「我們」。

단도직입적으로 얘기해.

밥 잘 챙겨 먹어
要記得按時吃飯

■ 밥 거르지 마. 別錯過一餐。

밥 잘 챙겨 먹어.

"챙기다" 為「準備」或「收拾」的意思，但在此句不能翻成準備，如果把此句從字面上去翻，一定翻不出韓國人要表達的意思。這句的中文理解為「要好好吃飯」、「按時吃飯」，是韓國人關心他人時使用的句子，不管是父母親對孩子也好，情侶之間也好，很實用。另一種說法為 "밥 거르지 마.", "거르다" 為「跳過、略過」，也是一樣的意思。

만나는 사람 있어요?
有交往的對象嗎?

- **남자 친구 있어요?** 有男朋友嗎?
- **여자 친구 있어요?** 有女朋友嗎?
- **사귀는 사람 있어요?** 和誰在一起嗎?

만나는 사람 있어요?

　　詢問對方有沒有交往對象,用 "남자 친구 있어요?" 或 "여자 친구 있어요?" 的說法比較直接,我們也可以改用 "만나는 사람 있어요?"。很多人以為 "만나다" 只是字面上的見面,所以把此句翻成:「你要和誰見面?」但是它指的是和誰交往。雖然交往的單字為 "사귀다",不過 "만나는 사람 있어요?" 比起 "사귀는 사람 있어요?" 來得更委婉、更口語。

이것 좀 보여 주세요
給我看一下這個

- **여권 좀 보여 주세요.** 麻煩出示護照。
- **＿＿ 좀 보여 주세요.** 請給我看＿＿。

　　當我們要翻譯「給我看」這句時,很多人會直接使用 "보다"(看)來改句子,但是 "보다" 單純指「看」而已,例如:看手機、看電影、看書……,它並沒有「把東西給某個人看」的意思在。"보이다" 才是「給某人看某物」的韓文,"보이다" 為使動詞,我們在前面學過「何謂使動詞」,請參考49頁第028句 "웃기지 마." 的「小筆記」單元。在機場,地勤人員會說:「麻煩請您出示護照。」韓文為 "여권 좀 보여 주세요.";買東西時,要求店員給我們看某樣東西時也可以說 "＿＿＿ 좀 보여 주세요."。

165

셀프예요
是自助式的

■ 물은 셀프입니다. 水是自助。

　　"셀프"是英文外來語「self」的韓式英文，我們在餐廳很容易看到牆壁上貼著"물은 셀프입니다"，代表水是自助的。

小筆記

💡 **韓式英文**

1. 買一送一：원플러스원 (one plus one)
2. 健身房：헬스클럽 (health club)
3. 自拍：셀카 (self-camera)

166

인상적이에요
印象深刻

■ 난타 공연이 인상적이에요.
亂打秀讓我印象深刻。
■ 한국 여행에서 경복궁이 가장 기억에 남아요.
在韓國旅途中，景福宮讓我印象最深刻。

　　印象深刻可以有兩種不同表達方式，"인상적이에요." 和 "기억에 남아요." （留在記憶裡、印象深刻），使用頻率都很高，"인상적"為名詞，"기억에 남다"為動詞，所以應用上要注意。

167

먹거리가 많아요
很多吃的

■ 명동은 구경거리가 많아요. 在明洞有很多可以逛的東西。

　　"먹거리"為「吃的東西」的名詞，韓國的旅遊節目介紹臺灣時會用「먹거리 천국　食物天堂」來比喻臺灣。在韓文單字裡很容易看到"_____거리"，"_____ 거리"指「……的東西」，前面可以加各種名詞，例如：「먹거리　吃的東西」、「볼거리　看的東西」、「구경거리　逛的東西」……。

먹거리가 많아요.

168

배보다 배꼽이 더 크다
本末倒置

　　字面上指「肚臍比肚子大」，比喻為「本末倒置」，有時候會翻成「不划算」。比如説一件衣服才100塊，因為衣服的材質沒辦法在家裡水洗，只能拿去送洗，結果乾洗費就花了200塊，這時候就會説：「배보다 배꼽이 더 크다. 肚臍比肚子大。」

169 천천히 생각해 보세요
請慢慢想想看

■ 생각해 볼게요. 我想想看。

　　勸對方慢慢想想看時使用，此句中有個重要的文法 "-아/어 보세요"，提議、命令某人試著做某件事情。如果對於 "천천히 생각해 보세요." 想要做回覆時，可以說：「생각해 봤는데 ＿＿＿＿ 我有想過，但是……」，例如：「생각해 봤는데 안 갈래요. 我有想過，但我還是不要去好了。」

천천히 생각해 보세요.

170 시간 내 주셔서 감사합니다
謝謝您抽空給我

　　此句通常會在演講或是記者會等場合常出現，如果參加韓國朋友的婚禮時，也會聽到此句。句子裡有摻敬語 "주시다"，在演講或說話的一開始說，或者結束後在最後說都無妨。

시간 내 주셔서 감사합니다.

171 설명이 필요 없을 정도예요
都到了不用解釋的地步了

此句基本上會在正面的情況下使用，例如：

A：영화 어땠어요?
電影如何？

B：설명이 필요 없을 정도예요. 정말 재미있어요.
不需要説明，真的很好看。

在上面句子當中就算沒有後句的"정말
재미있어요."，對方也會知道A要表達的是
「很好看」。

172 요금이 어떻게 돼요?
費用是多少？

講到詢問價錢，大多數人會想起"얼마예요?"，現在來學一下較客氣的
説法："요금이 어떻게 돼요?"。可以把各種想要詢問的事情套進這句話的
"어떻게 돼요"前面，是很實用的句型，例如：「연락처가 어떻게 돼요？ 請
問您的聯絡方式？」

173

_____ 씨 자리에 계세요?
_____ 先生、小姐在嗎?

■ 자리에 안 계세요. 不在位子上。

_____ 씨 자리에 계세요?

電話上的用語:「請問_____ 先生／小姐有在位子上嗎?」另一種說法是:「_____ 씨 좀 바꿔 주세요. 幫我把電話轉交給_____ 先生／小姐。」或「_____ 씨 좀 부탁합니다. 麻煩請_____ 先生／小姐接電話。」當我們接到電話後可以說:「전화 바꿨습니다. 接電話了。」

174

싸게 주세요
算我便宜一點

■ 깎아 주세요. 幫我算便宜一點。
■ 다음에 또 올 테니까 싸게 주세요. 我下次還會再來的,算便宜一點吧。

到韓國旅遊時,很多導遊會教觀光客 "깎아 주세요." 這一句, "깎아 주세요." 雖然是殺價時使用,但是說話方式太直接,有些店家不太喜歡,如果改用 "싸게 주세요." 會比較好一些,前面再多補一句 "다음에 또 올 테니까",可能殺價效果會更好。

싸게 주세요.

175

입어 봐도 돼요?
可以試穿嗎？

- **신어 봐도 돼요?** 可以試穿（鞋子）嗎？
- **먹어 봐도 돼요?** 可以試吃嗎？

입어 봐도 돼요?

　　韓文不像中文有「試穿」這個單字，一定要把它寫成完整的句子。"-아/어 보다"為「試著做某件事情」，"-아/어도 돼요?"為「可以……嗎？」，把這兩個文法和"입다"（穿）加在一起變成"입어 봐도 돼요?"就會是「可以穿穿看嗎？」也就是「可以試穿嗎？」的意思。

176

저한테 맡겨 주세요
交給我吧

- **여기에 맡겨도 돼요?** 可以寄放在這裡嗎？

　　"맡기다"為「委託、寄放」，此句指「把事情委託給我吧」，也就是「交給我」的意思，通常是在工作上使用的句子。除此之外，我們還可以用"맡기다"改成其它實用句，例如當我們到韓國旅遊時，會遇到退房後還想要再繼續逛逛的情況，但是手上有很多行李，這時候可以使用"맡기다"：「여기에 맡겨도 돼요? 東西可以寄放在這裡嗎？」

저한테 맡겨 주세요.

177 욕 먹을 각오로 _____
心裡已經有被罵的準備

　　"욕 먹다"是「被罵」，"각오"是「覺悟」，"욕 먹을 각오로 _____"
這句話用於「某件事情是不該做」，或是「做了可能會被別人罵，但是還是得
做」或者「已經做了」的時候，例如：「욕 먹을 각오로 준비했어요.　我準備
此事的時候，心裡已經做好被罵的準備。」「욕 먹을 각오로 말하는 거예요.
我說這句話時心裡已經準備好被罵。」再舉一個情境：有一個產品是人人都喜
歡的，沒有一個人說出它的缺點。這時候若有人敢站出來說這產品的缺點時，
就可以說：「욕 먹을 각오로 말하는 거예요.　我說這句話時心裡已經準備好被
罵。」

178 호랑이도 제 말하면 온다더니
說曹操，曹操就到

　　韓國的童話故事或俗語很愛使用"호랑이"（老虎），此句意味著「就算
是在深山的老虎，知道別人在講自己的話也會找上門來」，所以這句話是告訴
我們說話必須要小心。若想藉由慣用語或俗語陳述自己想法時，可以使用
"-더니"，例如：「호랑이도 제 말하면 온다더니 말 조심해야겠어요.　說曹
操，曹操就到。看來講話必須要小心了。」「호랑이도 제 말하면 온다더니
진짜 왔네요.　說曹操，曹操就到。他真的來了！」

호랑이도 제 말하면 온다더니.

Hi

179

돈 굳었다
賺到了

此句為「本該付的錢不用付了、買到便宜的東西」時使用。例如本來説好我要請客，後來大家各付各，這時候就用 "돈 굳었다"；或是朋友送給我一本書，剛好那本書是我需要的，這時候也會説 "돈 굳었다"。

돈 굳었다.

180

백수예요
我是無業遊民

■ 지금 쉬고 있어요. 待業中。

這句話在韓劇裡常聽到，也會有很多韓國年輕人使用，有些人會直接把 "백수" 理解成「沒有工作的人」，不過 "백수" 會讓我們聯想到「不認真找工作、整天在漫畫房穿運動服吃喝耍廢過日子的人」，這個單字並不是單純地指待業中的人。有空可以在韓國網頁搜尋 "백수" 兩個字，一定會出現很多穿整套運動服的人，所以當我們要和不熟的人説正在待業，換成説：「지금 쉬고 있어요. 正在休息（意指沒有工作）。」即可。

백수예요.

181

여기서 뭐 해?

你怎麼會在這裡？

　　有一天在捷運上遇到臺灣朋友，我就問她：「你在這裡幹嘛？」她聽到後理所當然的回我：「回家啊！」後來才發現韓文和中文的表達方式不一樣，"여기서 뭐 해?"等同於中文的：「你怎麼會出現在這裡？」我不是真的要問她在這裡幹嘛，而是想表達「很開心、沒想到會在這裡碰面」的驚訝的心情而已。

여기서 뭐 해?

182

고민된다

傷腦筋

　　煩惱某件事情該怎麼處理、決定的時候使用。若要勸對方「不要煩惱」就得用"고민하다"來改成"고민하지 마세요."，因為"되다"結尾的句子是自動詞也是被動詞，當我們改成「請不要……」時，需要把它變成主動，把"되다"改成"하다"。

고민된다.

183 친하게 지내던 사이예요
曾經很熟悉

- 친한 사이예요. 我跟他很熟。
- 잘 아는 사이예요. 我跟他很熟。

친하게 지내던
사이예요.

"친하게 지내다"表示相處得親近，"던"為回想過去的時候所使用的文法，"친하게 지내던 사이"代表以前很親近。若要說現在很熟，可以說 "친한 사이예요."、"잘 아는 사이예요."，兩句都是熟悉的意思。

184 있으나 마나예요
有沒有都一樣

- 해 보나 마나예요. 做不做都一樣。
- 말하나 마나예요. 說不說都一樣。

있으나 마나예요.

"-(으)나 마나"指有沒有都沒有關係、做不做都不會影響結果。"있으나 마나"很多時候指「在不在、有沒有不會影響結果」時使用，請看以下例句：

1. 금연 구역이 있으나 마나예요.
   這句意指有沒有禁菸區都無所謂，因為大家還是會照樣抽菸。
2. 있으나 마나한 사람이에요.
   這個人在不在完全不會有所影響，代表是不中用的人。

185

이게 빠질 수 없지
不可少

主詞不一定是代名詞 "이게" ，可以説更具體的單字，任何人事物都可以
用，例如：「모임에 내가 빠질 수 없지. 聚會裡不能缺少我。」「한국 음식에
김치가 빠질 수 없지. 論韓式料理不可缺少泡菜。」

186

쥐도 새도 모르게
神不知鬼不覺

■ 지갑에 있던 돈이 쥐도 새도 모르게 없어졌어요.
放在錢包裡的錢莫名其妙的不見了。

早上在任何地方都可能會有 "새" （鳥），晚上在任何地方都可能會有
"쥐" （老鼠）。「쥐도 새도 모르게 老鼠和鳥都不知道」意思指真的沒有人
知道，就是中文所説的「神不知鬼不覺」。

개꿈이야
夢到了亂七八糟的夢

　　"개꿈"指沒意義的夢。例如夢到中樂透，有些人會抱著一絲希望去買樂透，但最後還是沒有中，這時候就可以使用"개꿈"，表示那個夢沒意義。

이러다 말겠지
過一會兒應該就會結束吧

　　"이러다"是"이러다가"的縮寫，"-다가"表示做事情進行到一半轉換另外一件事情。"이러다 말겠지."指做某件事情應該只會持續一下就不再進行了，例如頭痛但是不想吃藥，這時候我們可以說"이러다 말겠지."，代表頭應該只會痛一下，等等就不會痛了。

이러다 말겠지.

눈에는 눈, 이에는 이
以牙還牙

此句代表「怎樣的人就是要怎樣對付」的意思，也就是中文的「以牙還牙」。請看以下例句：

A：옆집이 쓰레기를 우리 집 앞에 버렸어.
　　鄰居把垃圾丟到我們家門口了。
B：눈에는 눈, 이에는 이. 우리도 옆집 대문에 버리자!
　　我們也把垃圾丟到他們家門口吧！

눈에는 눈, 이에는 이.

직장 구했어요
找到工作了

- 아직 안 구했어요. 還沒有要找（工作／房子）。
- 아직 못 구했어요. 還沒有找到（工作／房子）。

不管是找房子或找工作皆可使用"구하다"，"직장 구했어요."指已經找到工作了；若還沒找到工作，可以說"아직 못 구했어요."。許多人會搞混"안"與"못"的用法，"안"是「自己沒有要這樣做」，"못"是「基於其他狀況沒辦法這樣做」的時候使用。如果句子為"아직 안 구했어요."代表還沒有要找工作，"아직 못 구했어요."代表有在找，但還沒有找到。

직장 구했어요.

NEW JOB ▶

191

뭔가 잘못됐어
事情出差錯了

■ 가격이 잘못됐어요. 價錢有錯。

　　要注意 "잘못되다" 和 "잘못하다" ，它們意思不同，在前面學過的 "잘못하다" 是「做錯事情」，這次的 "잘못되다" 是「出差錯」。不只是在工作上使用，還會在日常生活中使用，例如在餐廳結帳時若發現價錢有錯誤，我們可以說 "가격이 잘못됐어요." 。

192

손이 많이 가요
很費工

■ 이 음식은 간단해 보이지만 손이 많이 가요.
　這食物看起來簡單，但其實很費工。
■ 햄스터 키우는데 손이 많이 가요.
　養倉鼠需要花很多時間照顧。

손이 많이 가요.

　　這句可以指料理，也可以指人或東西。如果用在料理上代表做菜很費工、麻煩的意思，如果用在人或動物上，代表這個人或動物需要花很多時間細心照顧。
　　另一種用法是用在食物上，食物好吃到讓我們一口接一口，會用 "손이 가요." 。

어떻게 할 거예요?

你要怎麼做？

■ **어떻게 할까요?** 我要怎麼做？

我們在前面60頁第049句有提到
"어떻게"的發音方式，它不是念字面
上的音，而是發[어떠케]。此句是問：
「（你）要怎麼做？」「（你）要怎
麼處理？」如果想要把主詞改為
「我」，就改變語尾變成「어떻게
할까요? 我要怎麼做？」即可。

어떻게 할 거예요?

한도 끝도 없어요

沒完沒了

"한"是指「數量或程度的極限」，"끝"是「結束」，"한도 끝도
없어요."指「沒完沒了」。請看以下例句：「집안일이 한도 끝도 없어요. 家
事忙不完。」「수다가 한도 끝도 없어요. 聊天聊不停。」

관심사가 뭐예요?

你對什麼有興趣呢？

- 관심사가 비슷해요.　　我們的興趣點相似。
- 대학생들의 관심사는 연애예요. 大學生對戀愛有興趣。

　　"관심사"為「關心焦點、熱門話題」，此句適合與不熟悉或初次見面的人聊天時使用。大多數學習者會使用：「취미가 뭐예요?　興趣是什麼？」來詢問對方的興趣，學會這句之後可以改用 "관심사가 뭐예요?" 來問。

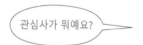

관심사가 뭐예요?

친구 따라 강남 간다

跟著朋友去江南

　　這裡說的江南並非韓國的江南，以前朝鮮時代認為中國的江南是南邊非常遙遠的地方，這句指盲目的跟著別人做某件事情，比喻「跟風的人」。此句裡的 "따라" 是「跟著」（原形為 "따르다"），學人精的韓文就是從這裡來的，講成 "따라쟁이"。

197

작작 좀 해
夠了

　　"작작"是「適當、少」的意思。當朋友整天炫耀不停，我們可以對他説
"작작 좀 해."；讀高中時，附近有個很愛打扮的同學，導師看到她就會對她
説 "작작 좀 해."，意思就是「不要再化妝了」。"작작"不一定只能結合 "
하다"，可以和其他動詞結合，例如：「작작 마셔. 別再喝了。」

작작 좀 해.

198

신경쓸 겨를이 없어요
沒空管那些

　　"신경쓰다"是「操心、費心」，"겨를"為「空閒、餘暇」，"신경쓸
겨를"指的是「操心的時間」，這整句是説「沒有空管那麼多」的意思。請看
以下例句：

A：주말에 몇 시에 만나기로 했어?
　　週末要什麼時候見面？
B：지금 그거 신경쓸 겨를 없어. 나 입원했거든.
　　現在沒空管那些，我住院了。

몸이 따라 주지 않아요

體力跟不上

想要做某件事情，但身體、體力跟不上的時候使用。比如說因為很想要早起運動而訂了鬧鐘，可是每次都關掉鬧鐘繼續睡覺，這時候就可以說 "몸이 따라 주지 않아요." 。或者是很想要好好學跳舞，但年紀大了身體不靈活，這時候就說 "몸이 따라 주지 않아요." 。

몸이 따라 주지 않아요.

한마디했어요

說了一句

■ 답답해서 한마디했어요. 因為我看著很納悶，就對他說了一句。

這句話有兩種意思，第一種意思是字面上的「（簡短地）說一句」；另一個意思是指一個人「抱著不舒服的心，對別人說了……」，"한마디하다" 是一個單字，並不會分開寫，在使用上不一定要用過去式，命令句、未來式都可以應用，例如：「남편이 집에 오면 한마디할 거예요. 老公到家後，我要狠狠地對他說一句。」在這裡就是使用了未來式。

장난 아니다
不是開玩笑

　　"장난"（開玩笑）後面加了否定，用於情況或對象「超過一般的標準、很厲害」。例如："장난 아니게 잘생겼어."，此句指一個人長得非常帥，在這裡把 "장난 아니다" 應用為副詞；"힘이 장난 아니다."，指一個人的力氣很大，超乎我們的想像。

말하면 네가 알아?
我說了你就會知道嗎？

　　這是諷刺對方：「反正說了你也不知道，那我幹嘛跟你說？」請看以下例句：

A：너 어제 누구 만났어?
　　你昨天跟誰見面？
B：말하면 네가 알아?
　　我說了你就會知道是誰嗎？

말하면 네가 알아?

203

서비스예요
這是招待的

　　在韓國餐廳用餐時，常常會聽到
"서비스예요."，就是「免費招待」的
意思。講到 "서비스"，韓國餐廳都會
招待些什麼呢？通常會請客人一罐可
樂、汽水；在中華料理店最喜歡招待的
就是 "군만두"（煎餃），有些客人還
會主動開口：「서비스 없어요？ 沒有
免費招待嗎？」

204

미운 놈 떡 하나 더 준다
以德報怨

　　此句的意思是：越是討厭的人越要對他好，得到對方的心，以後才不會有
令人煩惱的事情發生。在許多韓國俗語中會出現 "떡"（年糕），它為什麼常
常被拿來當俗語的主角呢？"떡"指的是用米或穀物做成的食物，在古代並不
是所有人都能吃得到的，而是節慶或祭祀等特殊節日才會吃的貴重食物，所以
在俗語中經常出現 "떡"。

불행 중 다행이다
不幸中的萬幸

此句用在「雖然發生不幸的事情，但是在不幸中還算是幸運」的情況。請看以下例句：

A：어제 교통사고가 났는데 다치지 않았어요.
　　昨天發生車禍，幸好沒受傷。
B：불행 중 다행이네요.
　　真是不幸中的萬幸。

불행 중 다행이다.

하던 대로 해
做你自己

■ 상관하지 말고 하던 대로 하세요. 別管別人，做你自己。

在前面學過 "-던" 的應用方式，"-던" 用於「過去反覆發生」的事情上。句子中的 "대로" 為「照著」、「按照」，此句為「之前怎麼做就怎麼做」、「照著本來的方式去做」的意思。

207

귀한 거예요
這是很珍貴的東西

- 귀한 손님이 오셨어요.
  來了尊貴的客人。
- 세상에서 가장 귀한 선물이에요.
  在世界上最珍貴的禮物。

　　"귀하다"是珍貴、尊貴的意思。很多時候會改成冠形詞 "귀한＿＿＿" 來應用，例如：「귀한 선물 珍貴的禮物」、「귀한 와인 珍貴的葡萄酒」、「귀한 손님 尊貴的客人」……。

208

큰일 날 소리
不該說出口的話

　　"큰일 나다"是「出大事」，把 "큰일 나다" 改成未來式的冠形詞來修飾後面的名詞 "소리" 就變成 "큰일 날 소리"，指「會出大事的話」，就是指說了不該說的話。後面可以多加其他文法延伸出完整的句子，例如：

1. 큰일 날 소리 하지 마.　不要說不該說的話。
2. 무슨 큰일 날 소리를 하고 있어.　怎麼在講這種不該說的話呢。

큰일 날 소리.

액땜했다 생각하자
花錢消災

　　"액땜하다"指「先平安地經歷了未來要發生的厄運」，此句完整的意思為「以邪避邪」。舉例來說，在日常生活中不小心把玻璃弄碎，這時候韓國人會說 "액땜했다 생각하자." ；或是發生事故但平安無事時也會說 "액땜했다 생각하자." 。

액땜했다 생각하자.

사서 고생이야
自討苦吃

　　"고생을 사서 한다" 為韓國的俗語，表示自己找困難的事情去做。"사서 고생이야." 也是一樣的意思，就是自討苦吃。韓文有個很有名的俗語叫：「젊어서 고생은 사서도 한다. 年輕時該吃點苦。」意指年輕時候的經驗是未來發展的基礎，該好好珍惜。雖然此句到了現代受到不少年輕人的質疑，但長輩看到晚輩受苦時仍會用這句安慰。

사서 고생이야.

211

척하면 척이지
一看就知道

■ 눈빛만 봐도 척하면 척이에요.
只要看眼神就會知道。

　　"척"指「一眼」或「馬上」，此句表示意
氣相投、一看就知道。例如有些事情就算不說，
對方還是會知道，這時候就可以使用此句。

212

어디 좀 봐요
我來看看

　　只看字面上的句子一定翻不出它的意思，此句指「我來看看」、「我幫你
看看」。當朋友的東西壞掉，我們想要看看到底能不能幫他修好，或者好奇哪
裡出了問題，可以說 "어디 좀 봐요."。好奇別人長相的時候也可以說：
「사진 있어요? 어디 좀 봐요. 有照片嗎？我想看看。」

어디 좀 봐요.

213

후회하면 뭐 해
後悔有什麼用

直接翻成中文為：「後悔的話還能怎麼樣？」表示現在後悔也來不及了。類似的其他句型為：「후회해도 늦었어. 就算後悔也來不及了。」請看以下例句：

후회하면 뭐 해.

A：먹지 말걸.
我不應該吃的。
B：후회하면 뭐 해. 이미 먹었는데.
已經吃了，現在後悔有什麼用。

214

사람 일은 모르는 거야
未來的事情很難說

指關於我們每個人的未來都是很難說的，通常警告對方要注意自己的言行，或是勸導對方時使用。講個故事分享給大家聽，身邊有個朋友和同事相處不來，決定要離職的時候，另一個朋友提醒她一定要跟同事翻臉後再離開，要離職的朋友回了她一句"사람 일은 모르는 거야."，意思是：「我們未來或許在其他地方又會遇到，那何必不開心的離開呢？」此句不管事情已經發生或者還沒發生都可以使用。

사람 일은 모르는 거야.

215

모르는 게 약이다
眼不見，心不煩

是韓國俗語，字面上的意思為「『不知道』就是藥」，比喻有些事情還是不知道會比較好，也就是說「無知是藥」。我們在170頁第263句還會學到一句"모르는 게 나아"，這兩句意思相同。如果前幾天買了原價的包包，今天看到打對折讓我非常生氣，這時候就可以使用"모르는 게 약이다."。

모르는 게 약이다.

216

어디 좀 들어가 있어
找個地方坐著

此句裡雖然沒有"앉다"（坐）這個動詞，但這句指的是「先找個地方進去等、進去坐」。那麼，這句話會在哪些情況下使用呢？例如和朋友講電話時，聽到她走在路上遇到大雨但是沒有帶傘，這時候我們就可以說：「어디 좀 들어가 있어. 找個地方進去躲個雨吧。」或是和朋友有約，但是趕不上約定的時間，那我們可以跟朋友說"어디 좀 들어가 있어."

어디 좀 들어가 있어.

217

속은 괜찮아?
（喝酒後）還好嗎？

　　此句用於某人腸胃感到不適時關心對方所用的句子，尤其是喝完酒的隔天常常使用 "속은 괜찮아?"。在韓國聚餐文化不會缺少酒，所以市面上銷售許多不同藥廠販售的 "숙취해소제"（醒酒藥），也會有 "해장국"（醒酒湯），如果對方有宿醉，可以請他喝個醒酒藥，或請他吃一頓醒酒湯。

속은 괜찮아?

218

차였어
被甩了

　　我們要注意的是兩個動詞："차다" 和 "차이다"。"차다" 是「甩」，「내가 찼어.　我甩了他。」；"차이다" 為被動，「被甩」的意思。另外，不管是誰甩，分手的韓文是 "헤어지다"，如果想使用 "헤어지다"，應用時要用過去式 "헤어졌어."，表示已經分手了。

차였어.

새발의 피
微不足道

　　字面上的意思為「鳥腳上的血」。鳥細細的腳上出的血量一定會比其他部位還要少，所以此句表示非常小、小到沒辦法跟其他的比較，或是指微不足道的事情，是韓國常用的俗語。請看以下例句：

❶ 이번 잘못은 지난번 잘못에 비하면 새발의 피예요.
　 這次的失誤和上次比起來沒什麼。

❷ A：한국어를 잘하시네요.
　　　韓文好流利耶！
　 B：제시카 씨에 비하면 새발의 피지요.
　　　和潔西卡比起來還不夠。

새발의 피.

정말 아니다
真不應該

　　表示某件事情或行為不應該是這樣。"정말 아니다" 可以用在各種情況，像是某間餐廳的衛生很髒亂、一個人做了沒道德的行為、電影非常難看等情況下皆可使用。

정말 아니다.

한숨도 못 잤어
完全沒睡

- 한숨 잘까?　　　要不要睡一下？
- 오후에 한숨 잤어.　下午有睡了一下。

한숨도 못 잤어.

　　"한숨"指一口氣、一會兒，此句指完全沒有睡覺。除了改成 "한숨도 못 잤어." 否定句之外，還可以應用其他文法延伸出更多不同句型，例如：「한숨 잘까?　要不要睡一下？」「오후에 한숨 잤어.　下午有睡了一下。」

식사 좀 하시겠어요?
想吃點什麼嗎？

　　此句為簡單的提議，問對方有沒有想要吃點東西。也可以應用為其他句子，例如：「커피 한 잔 하시겠어요?　想要喝杯咖啡嗎？」「구경 좀 하시겠어요? 有想要逛逛嗎？」想要簡單提議的話，應用 "＿＿＿＿＿ 하시겠어요?" 的句型即可。

흔치 않은 기회예요
難得的機會

"흔치 않다" 是「難得、很少有」的意思，在使用上通常改成冠形詞去修飾後面的名詞："흔치 않은_____"，例如：「흔치 않은 물건　稀有的物品」、「흔치 않은 맛있는 식당　難得好吃的餐廳」。

흔치 않은 기회예요.

한국 사람 다 됐네
你很像韓國人

■ 이런 어려운 단어도 알다니 한국 사람 다 됐네.
居然知道這麼難的單字！根本就是韓國人！

這句是在韓國生活較久的外國人很容易會聽到的句子，用在外國人的言語表達或喜好、行為像韓國人的時候，韓國人會對外國人這樣説，稱讚對方很融入韓國文化。

한국 사람 다 됐네.

225

말 돌리지 마
不要轉移話題

돌리다為「轉移」的意思，此句指不要轉移話題。請看以下例句：

A：시험 잘 봤어？

　　考試考得好嗎？

B：아 오늘 날씨 좋다！

　　哇，今天天氣好好。

A：말 돌리지 마! 시험 잘 봤냐고!

　　不要轉移話題，我在問你考試考得如何！

말 돌리지 마.

226

병 주고 약 주네
打一巴掌，給甜棗

　　字面上的意思是「先給了病，然後給藥吃」。這句會在什麼樣的情況使用呢？當朋友說：「你真的好胖喔！但是沒關係，你很帥呀！」這時候韓國人會說 "병 주고 약 주네." ，意思是說了讓人生氣的話之後接著說好話來哄我，所以 "병 주고 약 주네." 是比喻心地狡猾的人的行為。

싼 게 비지떡이다
便宜沒好貨

　　"비지떡"是用豆渣和澱粉製作的豆渣餅，此句字面上的意思是「便宜的就是豆渣餅」，因為用糯米做的餅會Q彈好吃，用豆渣做的餅很乾，但是比較便宜。其實這句話的由來是很感人的，在古代有個地方叫樸達嶺，是住在首都以外的學者到首都漢陽時必須經過的地方，這裡的客棧老闆每次都會打包豆渣餅送給這些沒錢的學者，並且說一句 "싼 게 비지떡"，中文意思為「裡面包的是豆渣餅」。這就是韓文「便宜沒好貨」的由來，因為「打包」和「便宜」的韓文發音相同，到了現代，這句話就變成負面的用語了。

오래 못 간다
無法持續很久

　　這裡指的「持續」可以是物品，也可以是感情。例如誰和誰在一起，可是個性非常不合，這時候說 "오래 못 간다" 代表說話者認為在一起不會很久。看到只有三分鐘熱度的朋友說要學韓文，我們也可以說 "오래 못 간다"，代表認為她學習韓文也只會有三分鐘的熱度而已。

원수야 원수
真是仇人似的

在發音上，比起"원수"，韓國人更常用"웬수"的發音。"원수"指的是仇人，這句不是說對方真的是我的仇人，而是用仇人來比喻。比如說，有人一旦喝酒就鬧事，這種情況下喝酒鬧事的人可以說：「술이 원수야. 我和酒有仇恨。」孩子不聽父母親的話，這時候父母親會說孩子是自己的"원수"（仇人）。

원수야 원수.

피는 물보다 진하다
血濃於水

這句俗語字面上的意思為「血比水還要濃」，也就是說骨肉之情比什麼都還要深。這裡說的「水」只是個比喻，例如"돈을 써서 그 일을 덮다니 역시 피는 물보다 진하다."，指花了很多錢來遮掩某件事情，血濃於水，代表花錢遮掩事情的人是有血緣關係的人。

231

제정신이 아니야
並不正常

■ **제정신이야?** 是不是瘋了？

　　"제정신"為頭腦清醒、神智正常的意思。對方講不像樣的話時可以問
"제정신이야?"，意思是：「你腦袋清醒的嗎？」「是不是瘋了？」或者用否
定 "제정신이 아니야."，意思就是「頭腦出問題、搞糊塗了」。

제정신이 아니야.

232

웬 참견이야
管什麼閒事

■ **왜 참견이야?** 管什麼閒事？

　　"웬"是冠形詞，「什麼、怎麼」
的意思，"참견"為「管閒事、多嘴」，
"웬 참견"就是指管什麼閒事。如果
把 "웬"改成大家熟悉的 "왜"（為什
麼），當然也沒問題。

웬 참견이야.

매달리다
糾纏

纏繞、糾纏的意思。很多時候會用在感情上，例如糾纏於某人的韓文為
"_____ 에게 매달리다"。如果我想要分手，但對方不願意分手一直糾纏著
我，這種情況會説 "매달리다"。請看以下例句：

1. 남자 친구에게 매달리다가 포기했어요.
   一直纏著男朋友後來就放棄了。
2. 헤어지기 싫어서 매달렸어요.
   因為不想分手纏著他了。

작은 고추가 더 맵다
小辣椒更辣

是韓國的俗語，字面上的意思為「小辣椒更辣」。到底代表什麼意思呢？
如果在競賽中亞洲人贏了體格高壯的西方人，這時候會説 "작은 고추가 더
맵다"。 那麼，為何要用 "고추" （辣椒）來比喻呢？來説一下這個俗語的由
來吧！雖然辣椒有很多種，但小小的青陽辣椒是在韓國最辣的辣椒，所以韓國
人説「小的辣椒比其他辣椒更辣」，此俗語告訴我們不能只用外表判斷一個人
的能力。

뒤끝 있다
很會記仇

指一個人很會記仇，比如說吵架後雖然有和解，但是不開心的情緒還是存在，這時候可以使用 "뒤끝 있다"。如果記仇的程度很嚴重，可以改成 "뒤끝이 심하다"，不記仇則是 "뒤끝 없다"。

有時候 "뒤끝" 不一定是指人會記仇或不會記仇，還可以指喝完酒後的隔天有沒有宿醉，喝完後隔天有宿醉時也叫 "뒤끝 있다"。

가식적이다
很做作

表示一個人很做作，和好朋友之間也會開玩笑地這樣說。此句可以改成冠形詞應用，例如：「가식적인 웃음　虛假的笑容」、「가식적인 태도　虛假的態度」、「가식적인 행동　虛假的行為」。

237

본의 아니게 _____

雖然不是本意

此句指「本來沒有這樣的意圖，但是……」時使用。請看以下句子：

1. 본의 아니게 엿들었어요.
   指本來沒有想要偷聽，但無意中還是聽到了。

再看另外一個句子：

2. 본의 아니게 말해 버렸어요.
   原本沒有要說出來，但最終還是不小心說出來了。

238

말이 씨가 된다

一語成讖

是韓國的俗語。字面上的意思為「說出來的話會變成種子」，也就是指常說的話或隨口說的話可能成真，所以講話要注意，通常指的是負面的事情。

239 이런 말 해도 될지 모르겠지만
不知道說這樣的話好不好

　　如果不好開口說話，或想要說出可能會讓對方不開心的話，使用此句開口即可。字面上的意思為「雖然不知道可不可以說這種話，但是……」。通常後面會出現失禮或負面的句子，所以有些人一聽到以此開頭的句子，就會馬上插話說：「那你就不要說。」不過有時候還是會出現非負面的句子。請看以下例句：

1. 이런 말 해도 될지 모르겠지만 정말 안 어울려.
   不知道該不該說……，但真的很不適合你。
2. 이런 말 해도 될지 모르겠지만 내 전 남자 친구랑 똑같이 생겼어요.
   不知道該不該說，你和我的前男友長得一模一樣。

240 주목하세요
請注意

■ 여러분, 주목하세요! 各位，請注意！

　　"주목하다" 為關注的意思，"주목하세요." 為命令句，通常在正式的場合或是很多人的場合，需要引起大家注意時使用。

주목하세요.

장담하는데 ＿＿＿＿＿＿
我保證 ＿＿＿＿＿＿

　　"장담하다" 是「自信地說、擔保」的意思。如果自己所說的話是100%確定、可以做擔保，就使用 "장담하는데"。例如，"장담하는데 걔 내일 참석 안 할 거야." ，此句為說話者保證他明天不會出席，說此句時對不出席一定有其根據或自信，才會加上 "장담하는데"。

장담하는데＿＿＿＿＿＿

마음껏 ＿＿＿＿＿＿
盡情地 ＿＿＿＿＿＿

　　"마음껏" 為副詞，後面可以接任何一個動詞。例如：「마음껏 쓰세요. 盡情地使用。」「마음껏 드세요. 盡情地享用。」「마음껏 하세요. 盡情地做。」通常借東西給其他人時會說 "마음껏"，表示很樂意借給對方。

243

믿거나 말거나
相信或是不相信

　　"거나" 為「或者」的意思，"믿거나 말거나" 是「相信或者不要相信」，用於沒有根據的事情上。比如説最近傳出一個消息：某巨星要嫁給他的粉絲，但這只是謠言而已，事實究竟如何我們是不知道的，這時候就可以用 "믿거나 말거나"。

244

시기상조
時機還沒到

　　"시기상조"（時機尚早）為名詞，所謂的「時機尚早」指的是時機還沒到。請看例句："고백은 아직 시기상조예요."，此句代表告白還不是時候、還不適合告白。

간이 배 밖으로 나오다
膽大包天

■ 사장님께 대들다니 간이 배 밖으로 나왔네요.
　跟社長頂嘴，真是膽大包天。

　　字面上的意思為「肝跑出肚子外面」，是指一個人膽子很大，就是中文說的「膽大包天」。此句雖然還沒正式成為韓文的慣用語，不過韓國人會把它當作慣用語來使用。

간이 배 밖으로
나오다.

방귀 뀐 놈이 성낸다
倒打一耙

■ 방귀 뀐 놈이 성낸다더니 정말이네.
　俗話說放屁的人會發脾氣，原來是真的啊。

　　比喻犯錯或做壞事不僅不承認、反而指責對方時使用，是韓國的俗語。此句字面上的意思為「放屁的人發脾氣」。

247

낱개로 팔아요?
有單賣嗎？

　　去韓國逛過街的人應該知道觀光區的化妝品都很少單賣的，在路上會輕易看到買三送一或買五送二之類的組合，這時候如果想要問店家是否有單賣，用 "낱개로 팔아요?" 問即可。除了化妝品外，我們在傳統市場想嘗試特別的東西，但都已經包好各種大份量的食物，這時候有一句實用的句型就是：「조금만 사고 싶은데요. 我只想要買一點點而已。」或是 "맛만 보고 싶은데요."，意思是「我只想要嚐嚐而已」。

낱개로 팔아요?

248

하루가 멀다 하고 _____
幾乎每天

　　"하루가 멀다 하고" 指很頻繁、幾乎每天，後面會接具體的句子。例如："하루가 멀다 하고 싸워요."，意思為「幾乎每天吵架」；"하루가 멀다 하고 사건이 터져요."，代表「幾乎每天出事情」。

실수로 _____
不小心 _____

　　意思為「不小心_____」。"실수"可以當作名詞，也可以加"하다"讓它變成動詞：「실수했어요.　我失誤了。」「실수였어요.　是我的失誤。」都是它的應用方式。不過還有一個很實用的句型，就是"실수로_____"，表示「不小心……了」的意思。例如：「실수로 지웠어요.　不小心刪除了。」「실수로 말해 버렸어요.　不小心說出來了。」

웬 떡이냐
這是哪來的福氣

　　經歷幸運的事情或是意外之財的時候使用，是慣用語。至於為什麼使用"떡"（年糕），前面139頁第204句有提過在韓國的俗語和慣用語裡，很容易看到關於"떡"的句子，那是因為在古代韓國過著貧窮日子的時候，"떡"是非常珍貴的東西，所以會用"떡"來比喻福氣。

第3章

韓國人應對回答時
常說的150句

꼴 보기 싫어
連看都不想看到

■ 꼴 보기 싫어 죽겠어. 表示極其厭惡。

　　"꼴"是「樣子」的意思，但是帶有嘲笑與諷刺的意思在，所以語氣較為
強烈，別輕易使用。"꼴 보기 싫어."這句可以搭配前面42頁014句學過的"죽
겠어"一起使用，"꼴 보기 싫어 죽겠어."，表示極其厭惡。

꼴 보기 싫어.

그때 그때 달라요
不一定

■ 매번 달라요. 每次不一樣。
■ 항상 달라요. 總是不一樣。

　　"그때"是「當時」，"달라요"是
「不同」的意思，"그때 그때 달라요."
就會變成「不一定、視情況而定」。如果
要表達「每次」都不一樣，則改用"매번
달라요."或"항상 달라요."。

그때 그때
달라요.

253

그럴 수도 있겠네요
或許真的是這樣

> 그럴 수도 있겠네요.

　　"-네요"中文會翻成「……耶」，所以這句話我們可以翻成：「真的有可能耶。」如果要自言自語的話，則修改語尾變成"그럴 수도 있겠다."

小筆記

為何很常聽到다結尾的句子？
它到底是什麼？

　　背韓文動詞、形容詞的時候會發現都是"다"結尾，因為原形是用"다"結尾的。不過當我們追韓劇也好，和韓國朋友聊天也好，也會聽到許多"다"結尾的句子，像是"귀엽다"（可愛）、"맛있다"（好吃），這些"다"結尾的句子也會在自言自語的時候使用，或是寫日記等書寫的時候也會用"다"結尾。

254

잘 모르겠는데요
我不是很確定

- 모르겠어요. 不知道。
- 잘 몰라요. 我不是很確定。

> 잘 모르겠는데요.

　　"잘"是很常用的副詞，有多種意思在，不過在這裡的意思是「太……」，所以標題這句話就是「不太了解、不是很確定」的意思。"-는데요"的語調可以往上拉高，也因為如此，部份韓國人會在"-는데요"的後面打問號表示語調往上，變成"잘 모르겠는데요?"。類似的說法為"모르겠어요."、"잘 몰라요."。

255 내가 어떻게 알아?
我怎麼知道?

　　大家要注意 "어떻게" 的發音，因韓語的「激音化」發音規則導致 "어떻게" 三個字的發音變成 [어떠케]。如果要問:「你怎麼知道?」把主詞 "내가" 改成 "네가" 即可。有些人一聽到 [어떠케]，通常會誤以為是韓劇裡常聽到的「怎麼辦」的韓文，但是我們現在說的[어떠케]並不是韓劇裡常聽到的那句，在韓劇裡常聽到的 "어떡해"（怎麼辦）和現在看的 "어떻게" 寫法不一樣，是因為激音化的發音規則導致它們發音相同。

> **何謂「激音化」的發音規則?**
>
> 　　若終聲為ㄱ、ㄷ、ㅂ、ㅈ及代表音為ㄷ的子音，後一字的子音為ㅎ的時候，要把ㅎ和終聲ㄱ、ㄷ、ㅂ、ㅈ結合為[ㅋ、ㅌ、ㅍ、ㅊ]；或者終聲為ㅎ，後一字的子音為ㄱ、ㄷ、ㅈ時，要把它們結合為[ㅋ、ㅌ、ㅊ]。例如백화점（百貨公司）:[배콰점];축하（恭喜）:[추카];국화（菊花）:[구콰];맏형（長兄）:[마텽]。

256 저도 그 얘기 들었어요
我也有聽說

저도 그 얘기 들었어요.

　　句型為「저도 ＿＿＿＿ 들었어요. 我也有聽說 ＿＿＿＿。」，中間的受詞不一定是 "그 얘기"，可以改成 "소문"（謠言）、"소식"（消息）……等等，或是直接把受詞省略掉也是可以的。如果要表達「我也有跟某某人聽說過」，就直接把某某人加進來，變成:「저도 수지 씨한테서 들었어요. 秀智有告訴過我。」這時候的 "한테서" 為「從……」、「跟……」之意。

못 참겠다
受不了

못 참겠다.

　　"참다" 為「忍住」的意思。有時候朋友很生氣，我們會對他說：「唉呀，別生氣了，你忍一忍吧！」韓文用 "참아" 表達。如果想說：「我受不了他、沒辦法忍下去。」就在 "참다" 加一個否定 "못 참다"，變成 "못 참겠다." 即可。

小筆記

-겠-有哪些用法？

　　"-겠-" 用於表示說話者的意圖或意志，例如我們在37頁004句學過：「잘 먹겠습니다.　我要開動了。」第二個用法是說話者進行猜測或推斷時使用，中文翻成：「應該。」以下為 "-겠-" 的應用句子：

1. 곧 비가 오겠어요.　感覺快下雨了。
2. 수지 씨가 사고가 났대요. 많이 아프겠어요.　聽說秀智出車禍，她應該很痛。
3. 다음부터 일찍 오겠습니다.　下次會早到的。

그게 다야?
就這樣而已嗎？

그게 다야?

　　不管是問對方：「你買的東西就這樣而已嗎？」或是：「這是所有你要拜託我的嗎？」韓文表達方式為 "그게 다야?"，直接翻成中文是：「那是全部嗎？」另一種用法比較有趣，當對方狡辯或辯解自己做錯事的理由時，我們不滿意對方的藉口也可以用 "그게 다야?"，這時候的中文或許可以翻成：「這就是你的理由嗎？」帶有諷刺的意思在。

259

또 시작이야
他又來了

在負面的情況下使用，例如：「哎呀，媽媽又開始嘮叨了！」「他又開始炫耀了！」「樓上又開始蹦蹦跳跳了！」等等句子都能用 "또 시작이야." 來表達。

또 시작이야.

260

못 믿겠어
我無法相信

表示難以置信。相似的說法為 "안 믿겨."、"믿을 수 없어."。"-(으)ㄹ 수 없다" 是「不可以、沒辦法」的意思，前面加 "믿다"（相信），就會變成「無法相信」。

小筆記

믿다和
믿기다的差異

在中文裡它們都是「相信」的意思，不過 "믿기다" 為被動詞。我們來看一下以下兩個句子：

1. 그 사실이 안 믿겨.
2. 너의 말이 안 믿겨.

若使用 "믿기다"，前面的主詞會是對方說的話或是事實，所以會用主格助詞 "이/가"。若是使用 "믿다" 可能會是以下句子：

1. (내가) 너를 못 믿겠어.
2. (내가) 너의 말을 못 믿겠어.

主詞是人，沒辦法相信的東西要當作受詞來看待，所以把助詞改用受格助詞 "을/를"。

내 말 듣길 잘했지?

聽我的就對了

내 말 듣길 잘했지?

中文為：「聽我的話是不是對的選擇？」「聽我的就對了！」「聽我說的很好吧？」如果沒有照著對方所說去執行，則可以說 "안 듣길 잘했지?"，意思指：「幸好沒聽你的。」

그랬었나?

有這麼一回事嗎？

回想不起到底有沒有這一回事的時候，可以說 "그랬었나?"，當然只說 "그랬나?" 也是可以的。"-았/었어요" 為韓文的過去式，可是有時候會看到 "–았/었었어요"，我們現在來區分一下這兩個過去式的差別吧！

小筆記

💡 -았/었어요與
-았/었었어요的差別

"–았/었었어요" 用於「完全斷絕」的事情上，請比較以下兩句：

1. 집에 친구가 왔어요.
2. 집에 친구가 왔었어요.

第一句只是單純的過去式，想表達的只是「朋友來我家了」，現在到底還在不在我家並不重要。第二句是指朋友來過我家，但是他已經不在我家了，強調的是「他已經離開了」。我們再看另外一句：

1. 창문을 열었어요.
2. 창문을 열었었어요.

第二句說明有開過窗戶，但現在已經關窗戶了。

모르는 게 나아
無知是福

■ 아는 것이 힘이다. 知識就是力量。

모르는 게 나아.

　　這句是俗語:「모르는 게 약이다. 無知是福。」的應用句,"나아"的原形"낫다"是「比較好」的意思,整句從字面上翻譯是「不知道會比較好」,也就是指「無知是幸福」。那麼,它的相反「知識就是力量」的韓文要怎麼說呢?講成"아는 것이 힘이다."

네가 생각해 봐
你自己想想看

■ 네가 잘 생각해 봐. 請你好好想想看。

　　有時候懶得解釋自己不開心的理由給對方聽,我們就可以說"네가 생각해 봐.","-아/어 보다"此文法是「試著做某件事情」的意思,"네가 생각해 봐."這句可以理解成「請你試著去想想看」。我們也可以多加副詞"잘"(好好地),變成:「네가 잘 생각해 봐. 請你自己好好地想想看。」

네가 생각해 봐.

아니던데요?
並不是這樣耶

■ 맞던데요? 確實是如此、沒錯啊！

　"-던데요"用於將自己曾經看到或
聽到、感受到的事實解釋説明給他人聽時
使用。此文法帶有反駁對方的語氣在，所
以使用上必須要注意。若想要表達「確實
是如此」，要把它改成"맞던데요?"

그럴 줄 알았어
我就知道會這樣

■ 그럴 줄 몰랐어. 我沒想到會這樣。

　當事情發生後，我們要表示「我就知道事情會這樣」，使用"그럴 줄
알았어."即可。若要表達「我沒想到會這樣」，就把"알았어"改成"몰
랐어"，變成"그럴 줄 몰랐어."。在這兩句中，我們必須要注意"알았어"
（知道）和"몰랐어"（不知道），一定要用過去式表達。

제 생각도 그래요
我也這麼認為

■ 저도 그렇게 생각해요. 我也這麼認為。
■ 왜 그렇게 생각해요? 你為什麼會這樣覺得？

제 생각도 그래요.

　　"제 생각도 그래요."直接按照字面翻譯是「我的想法也那樣」，也就是中文的「我也這麼認為」，同樣意思的另一個說法是"저도 그렇게 생각해요."。若要詢問對方：「你也這樣覺得嗎？」我們應該要怎麼說呢？只要把主詞改掉即可，"_____ 씨 생각도 그래요?"或是"_____씨도 그렇게 생각해요?"。

못 알아듣겠어요
聽不懂

■ 못 알아보겠어요. 看不懂。

못 알아듣겠어요.

?

　　"알아듣다"為「聽得懂」，若要表達「聽不懂」，我們必須要加否定"못"。這時候要注意，否定並不是加"안"，"안"是「我不去做、我不要做」的「不」的意思；"못"是使用於「不是我不想，而是因為外在因素沒辦法」的時候。同樣的道理，"알아보다"為「看得懂」，改成否定為"못 알아보다"（看不懂）。

269

맞아도 싸다
活該

　　字面上的意思是「就算被打也是應該的」，我們可以間接的把這句翻成「活該」。此句用於「已經被打後、被打的人沒有抱怨的餘地」時，旁觀者會在旁邊說 "맞아도 싸다"。關於被打的韓語還有另一種有趣的說法：「비오는 날 먼지 나게 맞는다. 下雨天被打到起灰塵。」意思就是指被打得很慘。那為什麼要這樣比喻呢？我們來想想看：下雨天濕氣重很少會有灰塵，這種情況下竟然還被打到起灰塵，可見打得有多厲害！這句通常是被父母親罵的時候會聽到。

맞아도 싸다.

270

헛소리하지 마
別胡說

■ 헛소리하고 있네. 在講屁話呀！

　　對方說一堆無理取鬧的話或是胡說的時候，可以跟他說：「헛소리하지 마. 別講屁話了！」也可以改成現在進行式 "헛소리하고 있네."。如果身邊有很愛說夢話的朋友，當他說夢話時可以對他說 "헛소리하고 있네."，意思就是指：「又開始講屁話了。」

헛소리하지 마.

안 될 것 같아요
可能沒辦法

■ 저도 그러고 싶은데 안 될 것 같아요.
我也想，但我可能沒辦法。

　　拒絕對方時的委婉用法。"-(으)ㄹ 것 같아요"用於想要「委婉地表達自身想法」時，中文翻譯為「可能」。"안 될 것 같아요."比起"안 돼요."（不行）、"곤란해요."（有困難）還要委婉，若是想要強調自己是有意願做，但狀況不允許的時候，可以説"저도 그러고 싶은데 안 될 것 같아요."。

안 될 것 같아요.

모른 척하지 마
別裝傻

　　"척"是「假裝」，"모른 척"為「假裝不知道」，我們可以把它翻成「裝傻」。那麼，「別裝傻」就是"모른 척하지 마."。「你為什麼要假裝不知道」的疑問句可以改成"왜 모른 척해?"，還有一個説法是"연기하지 마."，"연기하다"為「演戲」，所以這句的意思是「別再演了」。
　　我們可以多應用一下關於"척"的句子：

1. 예쁜 척 좀 그만해.
   別再裝漂亮了。
2. 한자를 모르지만 알아보는 척했어요.
   雖然不懂漢字，但我假裝看得懂。
3. 못 알아듣지만 알아듣는 척 웃었어요.
   雖然聽不懂，但笑著假裝聽得懂。

모른 척하지 마.

273

상상도 못 했어
完全沒想到

- **상상이 안 가.** 想像不到。
- **상상이 가.** 想像得到。

상상도 못 했어.

　　"상상"是「想像」，此句為過去式，所以指「過去沒想到會是這樣」。如果我要說「我現在完全想像不到」，韓文要怎麼講呢？"상상이 안 가."，要用現在式來表達。"상상이 가다"則是「想像得到」的韓文，相反地，如果我們能猜想出一個畫面或場景，可以說"상상이 가."。

274

세상에나
我的老天爺啊

　　「天啊！」「我的老天爺呀！」說法有很多種，其中一種是"세상에나."。我們再多了解一下其他常用的說法：

1. 웬일이야.

　　不過這句還有另外一個意思在，例如當我們接到許久沒聯絡的友人的訊息，我們會說"웬일이야?"

세상에나.

2. 어머.

　　"어머."也是很常用的感嘆詞，它可以單獨使用，也可以搭配下面兩句使用："어머 세상에나." 或是 "어머 웬일이야."。

어떻게든 되겠지
怎樣就怎樣吧

　　等於中文的「船到橋頭自然直」、「未來會是怎樣就怎樣吧」。以前有一部韓劇叫케세라세라（que sera sera），之前看到有人把它翻譯成《順其自然》，"어떻게든 되겠지."就是這個意思。這句話不只對自己說，也可以對擔心某件事情或是正在煩惱某件事情的朋友說：「걱정하지 마. 어떻게든 되겠지. 別擔心，終究會有路的。」

어떻게든 되겠지.

아니긴 뭐가 아니야?
明明就是

■ 맞잖아. 我說的沒錯啊。

　　把這一句直接翻成中文的話，意思是：「不是什麼不是？」也就是「明明就是」的意思。通常對方否認我們說的話，我們就會說 "아니긴 뭐가 아니야?" 帶有指責的語氣。更簡單的說法為：「맞잖아. 我說的沒錯啊。」 "-잖아" 結尾的句子是「對方也已經知道某件事情」的時候會使用，類似「你也知道是這樣啊」的感覺，但是有時候會聽到 "맞거든.", "-거든" 則是用在「對方不知道，所以把我知道的事情告訴對方」的時候。

아니긴 뭐가 아니야?

뭐라고 해야 되지?

不知道該說什麼

有時候不知道從何説起，或是不知道怎麼形容時，就可以用 "뭐라고 해야 되지?" 這句，字面上的意思是：「我要怎麼説呢？」這句不一定是直接對對方説：「我不知道怎麼跟你開口。」也有可能是跟別人説：「我不知道怎麼跟他説。」當然也有可能是自言自語。

뭐라고 해야 되지?

괜히 나한테 그래

無緣無故地對我這樣

"괜히" 為表達「無緣無故地、沒理由地、不應該……」的副詞，"괜히 나한테 그래." 這一句若要翻成中文意思是「無緣無故地對我這樣」，有時候可以間接翻成「對我亂發脾氣」。這句話是在表達「不應該對我這樣、我是無辜的」情況下才會使用。如果想要應用 "괜히，請看以下句子：

1. 괜히 먹었다.
   不應該吃的（表示後悔吃東西）。
2. 괜히 말했다.
   不應該説的（表示後悔把事情説出去）。

괜히 나한테 그래.

그것 봐
你看吧

■ 거봐. 你看吧！

　　針對「已經發生的事情」指責對方沒有聽說話者的建議，或是「早知道會發生這種結果」時使用，等同於中文的「你看吧」、「我就跟你說吧」。更簡短的句子為 "거봐."，意思相同。

그런데요?
然後呢？

　　我在 "그런데요" 後面打了一個問號，代表語調要往上。"-(으)ㄴ데요" 文法使用頻率非常高，它的用法很廣泛，通常 "-(으)ㄴ데요" 結尾的句子是「期待對方反應」或是「和對方有不同想法」時使用。有些韓國人對於 "-(으)ㄴ데요" 結尾的句子會比較敏感，會以為說話者是對自己有敵意或是故意唱反調的，所以使用此文法時要注意語調，而且要看情況使用。另外，"그런데요?" 可以在接電話時使用，若對方問：「請問是金小姐嗎？」我們可以說：「그런데요？ 是啊，請問有什麼事？」或者有人事情講到一半、說得不清不楚，我們可以問對方：「그런데요？ 所以咧？」

그게 아니라 _____
並不是這樣，而是 _____

否定對方所說的話時使用，後句通常接自己的想法或理由。請看以下例句：

A：너 또 늦잠 잤지?
你又睡過頭了吧？
B：그게 아니라 길에서 사고가 있었어.
不是啦，我在路上發生事故。

그런 뜻이 아니라 _____
不是這樣的意思，而是 _____

■ 그런 뜻이 아니었어요.　不是這樣的意思。
■ 오해예요.　　　　　　　你誤會了。
■ 오해하지 마세요.　　　請不要誤會。

"그런 뜻이 아니라"後面如果要接其他句子，通常會接說話者的藉口或理由。如果後面不想連接其他句子，只想說「不是這樣的意思」，那麼以"그런 뜻이 아니었어요."結尾即可。「오해예요.　你誤會了。」「오해하지 마세요.　請不要誤會。」也是可以順便一起學起來的句子。

283

그런가 봐요
似乎是這樣

■ **아닌가 봐요.** 看來不是這樣。

　　"-(으)ㄴ가 보다"用於推測，是「似乎、好像」的意思。這句話的中文為「看來是這樣」，它的相反是：「아닌가 봐요. 看來不是這樣。」有一首韓文歌曲就叫 "그런가 봐요."，是翻唱自日本經典歌曲，如果覺得死背句子太無聊，可以邊聽這首韓文歌來提升學習效率！

그런가 봐요.

284

그랬으면 좋겠어요
希望如此

　　此文法為 "-았/었으면 좋겠다"，表示希望。例如：「빨리 겨울이 왔으면 좋겠어요. 希望冬天趕快來臨。」「남자 친구가 있었으면 좋겠어요. 希望有男朋友。」請看以下例句：

A：한국어능력시험에 합격했어요?
　　韓文能力測驗的成績出來了嗎？
B：아니요. 아직 결과 안 나왔어요.
　　還沒出來。
A：꼭 합격할 거예요.
　　一定會考上的。
B：네. 그랬으면 좋겠어요.
　　希望如此。

그랬으면 좋겠어요.

285

꼭 그런 건 아니에요
不見得是這樣

糾正對方所説的話時可以使用，在任何一個情況下皆可適用。

❶ A：시골에 살면 공기가 좋아서 좋겠어요.
　　　住鄉下空氣好，應該很不錯吧。
　 B：꼭 그런 건 아니에요. 벌레가 많거든요.
　　　不見得，因為蟲子很多。

❷ A：추석에 항상 고향에 가세요?
　　　中秋節一定會回故鄉嗎？
　 B：꼭 그런 건 아니에요.
　　　不見得。

꼭 그런 건 아니에요.

286

그렇긴 하지
是沒錯啦

　　表示認同對方説的話，但語氣上不是很乾脆。如果有認同，但是後面想要接其他意見時可以用 "-(으)ㄴ데" 來連接，應用為 "그렇긴 한데_____."，請看以下例句做為參考：

A：그 사람 정말 나쁜 사람이에요.
　　他真的很壞。
B：그렇긴 한데 불쌍하기도 해요.
　　是沒錯啦，不過也是有點可憐。

그렇긴 하지.

287

안 그래도 _____
正好 _____

안 그래도 _____.

"안 그래도"是在「就算對方沒有這樣做,我也會這麼做」的時候使用。比如接到一通電話,剛好我也要打給他,這時候就可以說:「안 그래도 전화하려고 했는데. 剛好我也想要打給你。」或是別人提起某件事情,那件事情剛好也是我要提出來的,那可以說:「안 그래도 물어보려고 했어. 我也剛好想問你。」

288

그런 건 아니고
並不是那樣

後面可以接句子,也可以單獨使用。請看以下句子:

❶ A:왜 그래? 어디 아파? 哪裡不舒服嗎?
  B:아니. 不是。
  A:그럼? 시험 못 봐서 그래? 要不然呢?是因為考試沒考好的關係嗎?
  B:그런 건 아니고. 不是這樣。

在這個對話裡可以看得出B不想說太多,而且看起來心情不好是有其他緣故。我們再看其他句型:

❷ A:핸드폰이 갑자기 꺼진다고요? 你説手機會突然關機嗎?
  B:네. 매일 그런 건 아니고 가끔 그래요. 對,但不是每天,偶爾會這樣。

그런 건 아니고.

在這裡, "그런 건 아니고" 後面接了其他句子。

289 그건 좀 아닌 것 같아

我覺得不太好

　　想要表達自己意見和想法，當然有很多種不同說法，但是有些句型會給對方太強勢的感覺。如果不認同對方的意見或說法，或覺得對方這樣做不太好的時候，可以使用 "그건 좀 아닌 것 같아."。此句不一定用於不認同對方意見時，不喜歡對方穿著的時候也可以使用此句，意味著衣服不太好看、太超過了。

290 아닐 텐데

應該不是

■ **아닐 것 같아요.** 我覺得應該不是。

　　"-(으)ㄹ 텐데" 表示強烈的猜測，而且此猜測是「有根據」的。"아닐 텐데" 雖然猜測事情應該不是這樣，但其實他心裡是有根據的。請看以下情境：

❶ A：제시카 씨가 미국 사람이래요.
　　聽說潔西卡是美國人耶！
　 B：아닐 텐데요. 저번에 한국에서 왔다고 했잖아요.
　　應該不是吧。她上次說來自於韓國啊！

　　另外一種表達猜測的用法為 "-(으)ㄹ 것 같다"，可以把它應用成 "아닐 것 같아요."，不過此句在「並沒有任何根據時」也可以使用。

❷ A：제시카 씨가 미국 사람이래요.
　　聽說潔西卡是美國人耶！
　 B：아닐 것 같아요. 영어를 하나도 못하던데요?
　　應該不是吧。她一句英文都不會說耶！

291

이해가 안 가네
真是無法理解

■ 도대체 왜 공부를 안 하는지 이해가 안 가네.
到底為何不讀書，真是沒辦法理解。

이해가 안 가네.

"이해하다"為理解的意思，除了
"이해하다"外，"이해가 가다"也是
韓 國 人 常 用 的 單 字 ， 我 們 可 以 把
"이해가 가다"理解成「想通」，此句
是在無法理解、想不通的情況下使用。

292

듣고 보니 그렇네요
你說的有道理

"-고 보니(까)"用於「做了某事後發現了新的事情」，"듣고 보니 그렇
네요."這句是在「聽完某件事情後認同對方的説法」時使用。請看以下例句：

A：아이돌이라고 인기가 영원하지는 않을 거예요.
　　就算是偶像，人氣不會持續到永遠。
B：듣고 보니 그렇네요.
　　你説的有道理。

在上面例句中，B認為A説的有道理，
但是在A提這件事情之前，B並沒有這樣想
過，這時候就要使用 "-고 보니(까)"。

293

그랬던 것 같아요
我記得好像是這樣

　　"-았/었-던"代表回想，此句表示「我記得好像是這樣」，因為語氣上比較委婉，所以要在「並不是非常確定」的時候使用。請參考以下應用方式：

A：제시카 씨가 우유를 안 마시지요?
　　潔西卡是不是不喝牛奶？
B：네. 그랬던 것 같아요.
　　對。我記得好像是這樣。

294

내가 왜 몰라
我當然知道

내가 왜 몰라.

　　直翻成中文是：「我為什麼不知道。」就是指：「我當然知道。」韓國人喜歡使用否定的方式說話，這句就是一個範例，若使用「당연히 알지. 當然知道。」當然也是可以的，不過很多時候韓國人愛用這種否定方式來表達。

小筆記

💡 **習慣用否定方式表達的句子有哪些？**

1. 안 다쳤어요?　有受傷嗎？（直譯：沒有受傷嗎？）
2. 별일 없죠?　有什麼特別的事嗎？（直譯：沒有特別的事情吧？）
3. 필요한 건 없으세요?　有沒有需要的？（直譯：沒有需要的嗎？）
4. 내가 왜 몰라.　我當然知道。（直譯：我為什麼不知道。）
5. 내 물건 못 봤어?　你有看到我的東西嗎？（直譯：你沒有看到我的東西嗎？）

295

그러든지 말든지
管他的

■ 가든지 말든지. 去不去不關我的事。

그러든지 말든지.

　　怎麼做都不關我的事，類似中文「管他的」的意思。"-든지 –든지"表示「在多個選項中不管選哪一個都無所謂」的時候使用，中文為「不管……」、「無論……」的意思。通常後面會搭配"-든지 –말든지"的型態，這時候有強調「對立」、具有負面和否定的意思在。

296

생각도 못 했어요
想都沒想到

　　此句與175頁273句學過的"상상도 못 했어."是一樣的說法，在任何情況下都可以使用，例如朋友給了一個建議是我們完全沒想到的方法，這時候就可以說：「생각도 못 했어요. 原來有這種方法，我沒想到。」

생각도 못
했어요.

297

통했다
心靈相通了

　　"통하다"為「通」的意思，這裡指的「通」是「心靈相通」。如果我想吃韓式料理，朋友剛好也想吃韓式料理，那我們就可以說 "통했다."；或是和朋友剛好穿了一樣的顏色的衣服，也可以說 "통했다."。

298

딱 봐도 알겠네
一看就知道

　　如果要把「一看就知道」的中文翻成韓文，我相信很多人第一個想到的文法一定會是「-자마자　一……就……」。除了應用 "-자마자"，我們可以學個更口語的用法： "딱 봐도 알다"。

299 내가 말했잖아
我就跟你說了

■ 내가 그랬잖아. 就跟你說了。

내가 말했잖아.

此句可以是不耐煩的語氣,表達「你看,我就跟你說了,你不聽」的感覺。"-잖아"用於對方也知道的事情上,前面可以接動詞、形容詞或名詞,"내가 그랬잖아."和"내가 말했잖아."是相同的句子,必須使用過去式。

300 제가 생각한 것과 달라요
跟我想的不一樣

不管對象是事情的結果,或是自己想像中的人事物,皆可使用。請看以下例句:

제가 생각한 것과 달라요.

A:이게 수지 씨 언니라고요?
　你説這是秀智的姐姐嗎?

B:왜 그렇게 놀라요?
　怎麼這麼激動啊?

A:아니요. 제가 생각한 모습과 달라서요.
　沒有啦,只是跟我想像中的樣子不一樣。

在這個對話裡,雖然不知道A想像中秀智姊姊的樣子是什麼樣,但是可以知道秀智姊姊的樣子和A想像中的樣子是不一樣的。

301

의외로 괜찮았어
意外地發現不錯

　　"의외로" 為副詞，和想像中不同的時候使用，中文翻成「意外地」。
"의외로 괜찮았어." 指「比想像中的還要不錯」，例如電影意外地還不錯看，
就可以説 "의외로 괜찮았어."。
"의외로" 後面可以接任何句
子，例如「의외로 재미있다　意
外地有趣」、「의외로 깨끗하다
意外地乾淨」等。

의외로
괜찮았어.

302

말이라도 고맙다
謝謝你的關心

　　直接翻譯的話，字面上的意思：「就算只是（隨口説的）話，我也謝謝
你。」我們可以間接翻譯成：「哪怕只是説説，也感謝你的心意。」

　　請看以下例句：

A：힘들지? 못 도와줘서 미안해.
　　很累吧？對不起，沒辦法幫你。
B：말이라도 고맙다.
　　謝謝你的心意。

말이라도 고맙다.

　　A雖然幫不上B的忙，但B認為就算幫不到，
也謝謝A的關心。

303

몰라도 돼
你不用知道

此句有時候說話者是認真說的，也有可能只是開開玩笑而已，所以語氣上要注意。

A：왜 그래? 기분이 안 좋아 보여.　怎麼了？心情看起來不太好。
B：몰라도 돼.　你不用知道。（不用你管）

몰라도 돼.

304

잘돼 가요?
進行得順利嗎？

"잘되다"是「順利」的意思，"잘돼 가다"表示事情進行得順利。此句也可以用在感情上：「和某人進行得順利嗎？」前面可以加上具體的名詞，例如：

1. 준비는 잘돼 가요?
   準備得順利嗎？
2. 이야기는 잘돼 가요?
   談得順利嗎？

잘돼 가요?

305

나는 무슨 죄냐?
我是無辜的

在字面上直翻的話是：「我有什麼罪？」在無辜遭到波及時使用，就是中文「掃到颱風尾」之意。假設主管和同事因意見不合而有爭執，同事連續一個禮拜沒有上班，他的所有事情都變成要由我來處理，導致我整天加班忙碌，這時候我們就可以說 "나는 무슨 죄냐?"。

나는 무슨 죄냐?

306

못 들은 걸로 할게요
我當沒聽見

若對方說了我不想聽的話時，可以說 "못 들은 걸로 할게요."，中文意思為「當作沒聽到」、「當作你沒說過」。我們來假設一個情況，如果有一天討厭的同事跟你告白，你不好意思太直接地拒絕，這時候就可以說 "못 들은 걸로 할게요."，可以當作一個委婉的拒絕方法。

못 들은 걸로 할게요.

307

네가 뭔데?

你以為你是誰？

此句會在吵架或有爭執的情況下出現，通常其他人多管閒事的時候就會使用此句。

A：치마 좀 입지 마.　不要穿裙子了。
B：네가 뭔데 상관이야?　你以為你是誰啊？（管我那麼多）

308

지긋지긋하다

受夠了

■ 또 비 와? 지긋지긋하다...　又下雨了？真是受夠了……

通常對於某件事情感到膩了、不耐煩的時候使用。對象不一定是人或事情，像是梅雨季節時一直下雨、讓我們很煩的時候，就可以說 "지긋지긋하다."。

말이 너무 지나치다
講話太過份了

■ 저기요. 말이 너무 지나치네요. 不好意思，您講話是不是太過分了？

　　 "지나치다" 是「超過」，錯過站的時候也會用 "지나치다" 來說。不過這裡說的 "지나치다" 指「言語上」太超過了，也就是指責對方講話太過份，這句可以對不認識的人使用。

흥분하지 마
別激動

■ 미안, 내가 좀 흥분했어. 對不起，我太激動了。

　　 "흥분" 為「興奮」，但有時候要翻譯成「激動」。"흥분하지 마." 指的是「別太激動」，如果遇到講話講到一半情緒太激動的人，可以對他說 "흥분하지 마."。

그렇게 안 보이는데?

看不出來

這句內含「看不出來是那樣的人」、「聽不出來（這句話）是那樣」的意思。請看以下的對話：

A：그 사람 입만 열면 거짓말이야.
他一派胡言。

B：그렇게 안 보이는데?
完全看不出來呀？

代表B認為那個人不會說謊、是個正直的人。

그렇게 안 보이는데?

말대꾸하지 마

不要頂嘴

■ 대꾸하기 귀찮아. 懶得理你。

此句是老師對學生或父母親對孩子常說的話，從這裡可以延伸出其他句子，例如："대꾸하기 귀찮아.", "대꾸하다" 是「頂嘴、回答」的意思，若要表達「懶得回覆你、懶得理你」，就改成 "대꾸하기 귀찮아." 即可。

말대꾸하지 마.

313

두고 봐
等著瞧

"두고 봐." 是命令句，所以語感上像是「你給我等著瞧」，有時候也可以表示說話者的決心。以下我們來看看到底會在什麼樣的情況下使用此句：

A：왜 거짓말해?
你為什麼要說謊？

B：거짓말? 증거 있어?
說謊？你有證據嗎？

A：두고 봐.
等著瞧。

A雖然沒有證據，但是透過最後一句話可以知道A在心裡想：「我一定會找出證據來的。」

314

예전만 못해요
不如從前

"-만 못하다" 前面要加名詞，意思是指「比不上」前面的名詞，不管是味道、美貌、人氣……都可以使用。例如：

1. 음식이 예전만 못해요.
   食物的味道不如從前。
2. 그 아이돌 가수는 인기가 예전만 못해요.
   那個偶像歌手的人氣不如從前。

말 바꾸지 마
不要改口

此句不只是命令對方不要改口，也可以在對方答應某件事情後請他不要反悔的時候使用，應用方式為：

1. 내일 밥 사기로 했지? 말 바꾸지 마.
   你明天說好要請客吧？別又反悔了。
2. 왜 아니라고 말 바꿔?
   你為什麼要改口說不是？

말 바꾸지 마.

저랑 안 맞아요
和我合不來

"안 맞아요." 可以指衣服不合適，也可以指人與人之間聊不來、合不來、相處不來。有時候還可以用在「不合某人口味」的情況，例如：

1. 입맛에 맞아요.
   合我的胃口。
2. 입맛에 안 맞아요.
   不合我的胃口。

저랑 안 맞아요.

317

말도 마
別說了

　　韓國人講話很愛縮短句子，"말도
마."是"말도 하지 마."縮成的句子，是
「不用說了、別提了」的意思。請看以下
例句：

말도 마.

A：영화 잘 봤어?
　　電影好看嗎？
B：말도 마. 어제 아파서 하루종일 집에 있었어.
　　別提了，我昨天身體不舒服一整天都待在家。

　　A問電影好不好看，B的回覆意味著：「不要問我什麼電影了，昨天根本連
出門都沒辦法。」

318

너한테 들을 말 없어
不想聽你說

　　此句會用在一個人生氣、不開心，或是對某人失望、不願給對方解釋餘地
的時候使用。直接翻譯的話是「沒有什麼話是（我）要從你那邊聽的」，也就
是「不想聽你說」，的意思。請看以下應用句：

A：미안해. 너한테 얘기하려고 했는데...
　　對不起，我本來要跟你說的。
B：됐어. 너한테 들을 말 없어.
　　不用了，我不想聽你說。

너한테 들을 말 없어.

319

문제될 거예요
可能會產生問題

■ 이건 문제가 아니에요. 這不是問題。

"문제되다" 指「產生問題」，"-(으)ㄹ 거예요" 可以是未來式，也可以是猜測用語。請看以下例句：

❶ A : 귀찮으니까 다음에 합시다.
懶得做了，我們下次再繼續吧。
B : 지금 처리하지 않으면 문제될 거예요.
若現在不處理，一定會出問題的。

❷ A : 그냥 놔 둬도 되겠죠?
放著應該也可以吧？
B : 그냥 놔 두면 나중에 큰 문제가 될 거예요.
如果放著一定會造成很大的問題的。

320

어떻게 이럴 수가 있어?
怎麼可以這樣？

無法相信眼前發生的事情或者責怪對方時使用。例如我很相信的好友背叛了我，這時候就可以說 "어떻게 이럴 수가 있어?"。這一句也可以把主詞加進來，讓主詞變得更明確：「네가 나한테 어떻게 이럴 수가 있어？ 你怎麼可以對我這樣。」

그럴 필요가 있어?
有必要這樣嗎？

説話者認為「沒有做某件事情的必要性」時使用。請看以下例句：

❶ A：자기 전에 복습하고 자.
　　複習後再睡吧。
　 B：그럴 필요가 있어? 내일 보면 되지.
　　有必要嗎？明天看不就好了？

A認為睡前要複習，但是B認為沒有必要現在複習。在同樣的句子，我們也可以把 "있어" 改成相反的 "없어"，例如：

❷ A：자기 전에 복습하고 자.
　　複習後再睡吧。
　 B：그럴 필요 없어. 내일 보면 되지.
　　沒必要啦。明天看不就好了？

유난 떨지 마
不要張揚

"유난 떨다" 是「張揚」的意思，如果再口語一點，可以翻成「刷存在感」。比如説，才喝一口啤酒而已，一直在旁邊説「喝太多了」、「醉了」等等的話，我們可以對他説 "유난 떨지 마."。

유난 떨지 마.

좋은 말할 때 _____
說好話時 _____

　　後面可以接命令句，例如："좋은 말할 때 빨리 먹어."、"좋은 말할 때 그만해." 等。或者 "좋은 말할 때 안 듣고"、"좋은 말할 때 안 듣더니"，這兩句指「講好話不聽，結果……」，這裡的 "더니" 是「觀察人事物後陳述自己所親眼觀察到的結果」時使用：「좋은 말할 때 안 듣더니 꼴좋다. 講好話不聽，真是活該。」 "꼴좋다" 帶有諷刺的意思在。如果想警告對方不要再繼續時，可以說 "좋은 말할 때 그만해(라)."，"라" 為命令句，這個命令句是長輩對晚輩和朋友之間使用的，所以是父母親教訓小孩時很常說的話。

그런 게 어디 있어?
哪有這樣的道理？

　　此句不是在問字面上的「東西」在哪裡，而是問「哪有這樣的道理」。請看以下例句：

A：내일부터 30분 일찍 출근하고 30분 늦게 퇴근하세요.
　　明天起早30分上班，晚30分下班。

B：네? 그런 게 어디 있어요?
　　蛤？哪有這樣的？

그런 게 어디 있어?

325

이걸로 할게요
我要這個

■ 이거 주세요.　我要這個。
■ 이걸로 주세요.　我要這個。

　　不管是買東西、點餐都可以使用，和 "이거
주세요."、 "이걸로 주세요." 是一樣的意思，
這裡的助詞 "로" 使用於「被選上的東西」後
面。我們來了解一下 "-(으)로" 的應用方式：

이걸로 할게요.

1. 이 가방으로 주세요.
   我要這個包包。
2. 오전 수업으로 등록했어요.
   我報名了上午的課。

326

그 정도는 아니에요
沒那麼誇張

　　字面上的意思為「沒有到那個程度」，指「沒那麼誇張」。請看以下應用
方式：

❶ A：그 식당이 엄청 맛있대요.　聽說那間餐廳非常好吃耶！
　 B：네? 그 정도는 아니에요.　蛤？沒那麼誇張啦。

❷ A：민수 씨 여자 친구가 연예인처럼 예쁘대요.
　　　聽說民秀的女朋友像藝人一樣漂亮。
　 B：예쁘긴 한데 그 정도는 아니에요.
　　　漂亮是漂亮啦，但沒那麼誇張。

327 상처받았어요
心裡受傷了

상처받았어요.

■ 상처받기 쉬운 성격이에요.
很容易心裡受傷的性格（玻璃心）。

　　指因為別人的言語或行為造成心裡上的傷害。韓國有一本非常有名、人人都知道的詩集，書名叫 "사랑하라 한번도 상처받지 않은 것처럼"，意思為「去愛吧，就像一次也沒有受過傷似的」，"상처받다" 就是心裡受傷。

328 뻔한 거짓말하지 마
別說顯而易見的話

　　"뻔한 거짓말" 指很明顯的謊言、顯而易見的話。在韓國，曾經做了有趣的調查，韓國人最常說的三個 "뻔한 거짓말" 如下：

1. 나 안 취했어.　我真的沒醉。
2. 하나도 안 뚱뚱해.　你一點兒也不胖！
3. 출발했어. 지금 가는 중이야.　我已經出發了，正在路上。

뻔한 거짓말하지 마.

나 안 취했어.

329

뭐가 그렇게 당당해?
怎麼那麼理直氣壯？

指責對方不知錯的時候使用。比如說朋友遲到半小時，但是一點也不覺得不好意思，反而回問我為什麼要這麼早到，這時候我們可以說：「뭐가 그렇게 당당해? 晚到的人怎麼那麼理直氣壯？」

뭐가 그렇게 당당해?

330

오버하지 마
別誇張了

"오버"是從英文的over翻過來的，"오버하다"就是「超過、誇張」的意思。看到某個人講話或行為很浮誇的時候，可以對他說 "오버하지 마."。"오버하다"也可以改用其他句型來應用：

1. 매번 오버하는 게 싫어요.　我討厭他每次浮誇。
2. 오버했다고 생각해요.　我覺得太浮誇了。

오버하지 마.

그래서 뭐 어쩌라고
所以要我怎樣？

不知道對方說話的意圖，或對於訓話的人感到無奈時使用。比如遇到一個很愛嘮叨的人，不斷地說現在年輕人怎麼怎麼樣、我年輕的時候怎麼怎麼樣，這時候就可以自言自語地說 "뭐 어쩌라고."。這句話不能直接對長輩說，因為不禮貌，所以使用上必須要注意。

그래서 뭐 어쩌라고.

내가 만만해?
我是不是很好欺負？

"만만해"（原形：만만하다）指好欺負、好惹。此句用在「某人爬到頭頂上來」的時候。主詞不一定是「我」，也可以是其他人事物，例如：

1. 가격이 만만하다.
   可以接受的價錢。
2. 막내 동생이 만만하다.
   老么最好欺負。

내가 만만해?

333

누가 할 소리!
這話是我要說的吧？

　　此句可以翻譯成：「虧你有臉說別人！」「說別人前先檢討自己！」「這話是我要說的吧？」請看以下例句：

A：너 왜 전화를 안 받아?
　　你為什麼不接電話？
B：누가 할 소리! 네가 먼저 안 받았잖아!
　　這句是我要對你說的吧？
　　是你自己先沒接的！

누가 할 소리!

334

최악이다
糟透了

- 오늘 컨디션 정말 최악이다.
  今天身體狀況很糟。
- 거짓말이라니... 정말 최악이다.
  居然說謊……，真是糟透了。

　　指眼前的情況或人、天氣等很糟糕，無法再到更壞的地步時使用，像是身體狀況很糟，也可以使用 "최악이다."。

최악이다.

335

보고 많이 배웠습니다
學到了很多

　　這句通常是出社會後對長輩或前輩使用的句子，意思是指看著某人或某事學到了很多，用於感謝對方教導時使用。

　　有時候並不只是晚輩說，長輩也會用命令句的方式勸導晚輩好好學習，這時候使用命令句 "보고 많이 배우세요." 即可。

> 보고 많이 배웠습니다.

336

딱이야!
剛剛好！

■ 데이트 장소로 딱이야. 這是適合約會的場所。

> 딱이야!

　　表示某件東西剛好合適，"딱" 本身就是指「完全適合」、「正好」的副詞。逛街時看到某件衣服很適合朋友，我們可以說 "너한테 딱이야!" 或 "너한테 딱이네!"。這句還可以使用在事情上面，例如，"데이트 장소로 딱이야."，意思為適合約會的場所。

337

딱히 없어요
沒有特別的

　　講到「特別」，大多數人會想到 "특별히"，這次來學一個韓國人更常用的句子："딱히 없어요." 。"딱히" 在字典裡的解釋為「清楚地」，實際上應用時會翻成「特別地」，"딱히 없어요." 就是指「沒有特別的」。來了解一下它的應用方式：

A：제일 좋아하는 노래가 뭐예요?
　　最喜歡的音樂是什麼？
B：글쎄요... 딱히 없어요.
　　這個嘛……沒有特別喜歡的。

딱히 없어요.

338

기분 나빴다면 미안
若有讓你不開心，很抱歉

　　因為自己說的話或是行為而傷到對方感情、讓對方覺得不開心時使用的道歉用語，不管有沒有這樣的意圖，都可以先說聲：「기분 나빴다면 미안. 不好意思。」"기분 나쁘다" 是「心情不好、不開心」，很多人以為 "기분" 是「氣氛」，但這裡 "기분" 指的是「心情、情緒」。

339

생각이 짧았어
想得不周全

字面上的意思為「想得太短」，此句表示想得不周全。那麼它的相反會是「想得長」嗎？"생각이 짧았어"的相反為「생각이 깊다　想得很深」，也就是想得周到。

340

대체 못하는 게 뭐야?
怎麼什麼都會？

■ 대체 모르는 게 뭐야?　你怎麼什麼都懂。
■ 대체 할 줄 아는 게 뭐야? 到底會做什麼？

用來讚嘆別人什麼都會做。我們在前面提到韓國人喜歡使用否定的方式說話，如果把此句直接翻成中文是：「到底不會做的事情是什麼？」就是「什麼都會做」的意思。我們可以套用 "대체 _____는 게 뭐야?" 句型，例如：

1. 대체 모르는 게 뭐야?
   你怎麼什麼都懂？
2. 대체 할 줄 아는 게 뭐야?
   到底會做什麼？

다 네 탓이야

都怪你

　　"탓"指「埋怨、緣故」。"다 네 탓이야."為「都是你的錯」、「都怪你」。如果對方說此句,可以反問:「為什麼是我的錯?」這時候只要把主詞改成「我」即可:「왜 내 탓이야?　為什麼是我的錯?」

> 다 네 탓이야.

그런 짓을 왜 해?

為什麼做這樣的事情?

■ 그런 짓 좀 하지 마. 不要做那樣的事情了。

　　"짓"是指「行為」,通常指壞的、不好的行為,所以"그런 짓을 왜 해?"帶有負面的意思在,此句問對方「為什麼要做出這樣的行為」。不過,"짓"有時候不一定是指不好的行為,像"예쁜 짓"就是指討人喜歡的行為。

> 그런 짓을 왜 해?

지금이 딱 좋아요

現在剛好

- 더 자르지 마세요. 지금이 딱 좋아요.
  不要再剪了，現在剛剛好。
- 지금이 딱 좋은데 왜 다이어트를 하려고 해요?
  現在剛剛好，你為何要減肥呢？

在206頁336句有提到 "딱" 這個字，"딱" 當副詞來應用，意思為「剛好、正好」。不管是天氣、食物的味道、穿著、髮型都適用。

지금이 딱 좋아요.

좀 내버려 둬라

別管了

"내버려 두다" 指「放著不管」，"라" 表示命令，"좀 내버려 둬라." 中文可以翻成「放著別管」，也可以把 "라" 拿掉只說 "좀 내버려 둬." 。心情不好時，有人一直在旁邊煩我，這時候說 "좀 내버려 둬." 就可以了，這句話沒有主詞，可以指「別管我」或「別管他（她）」。

좀 내버려 둬라.

못 말려
真拿你沒辦法

"못 말려"為無法阻擋某人的行為，或是眼前的狀況讓人無言、不知該説什麼的時候使用，是慣用語。漫畫《蠟筆小新》的韓文就是"짱구는 못 말려"，"짱구"是小新的韓文名字。

못 하는 소리가 없네
什麼話都說出口

此句也是用否定的方式來表達，字面上的意思為「沒有開不了口的話」，就是指什麼話都説出口。對於這種人可以用「입 조심해. 管好嘴巴。」來勸告，提醒他不能亂説話。

기가 막히다
不得了

■ 김치찌개가 기가 막혀요. 泡菜鍋真是很好吃。

　　"기"指「氣」，韓國很多慣用語都愛用「氣」，因為韓國人認為生命的原動力就是「氣」。"막히다"指塞住，"기가 막히다"指我們原動力的來源氣被塞住而導致沒辦法動，所以用於被嚇到或無奈、不知道該說什麼話的情況，用"기가 막히다"來比喻。此句不一定是用在負面的事情上，例如，某個東西非常好吃，也會用"기가 막히다"。

진작에 알았으면 좋았는데
早知道多好

　　對於太晚知道某人、某事感到遺憾的時候使用。有一天我在辦公室遇到一位剛認識不久的同事，她突然對我說"진작에 알았으면 좋았는데."，我當時笑著沒有回應她，過幾天後才發現她離職了，原來她的意思是指「應該要早點認識彼此才對」。

진작에 알았으면 좋았는데.

349

그러려니 해
不要太在意了

此句勸告對方不要太在意，或自己沒有把它當一回事、對於一件事情已經習慣時使用。我們來看看 "그러려니 해" 的應用方式：

1. 항상 지각해서 이제 그러려니 해요.
   因為他總是遲到，我已經習慣了（不在乎了）。
2. 신경쓰지 말고 그냥 그러려니 해요.
   你就別在意了。

그러려니 해.

第一句是指某人總是遲到，我已經習慣他遲到了；第二句是勸告對方別在意了。

350

충격적이에요
很驚人

表示某件事情或樣貌很驚人。可以應用成冠形詞「충격적인 ＿＿＿＿ 驚人的＿＿＿＿」的句型來修飾後面的名詞，例如：「충격적인 소식 驚人的消息」、「충격적인 사건 驚人的事件」、「충격적인 모습 驚人的樣貌」。

351 네가 자초한 일이잖아
自作孽

■ 왜 울어? 네가 자초한 일이잖아. 哭什麼哭啊？是你自找麻煩的啊！

　　"자초하다"指「自惹、自找」。"-(이)잖아"的語尾給人不耐煩的感覺，此語尾用於告訴對方所知道的事情上，"네가 자초한 일이잖아."的中文為：「是你自己惹的禍啊！」

네가 자초한 일이잖아.

352 다른 건 몰라도 이건 확실해
其他的我不敢說，但是我確定 _____

其他的我不敢說，但是我確定 _____。請看以下例句：

❶ A：아까 유진 씨 보니까 표정이 안 좋던데?
　　　剛看到宥珍表情不是很好。
　　B：다른 건 몰라도 이건 확실해. 두 사람 헤어졌을 거야.
　　　其他的我不敢說，但我確定他們倆應該是分手了。

❷ 다른 건 몰라도 이거 하나는 확실해. 다신 걔랑 작업 안 해.
　其他的我不敢說，但我不會再跟他合作了。

353
그럴 틈이 어디 있어
根本沒有那個時間

中文意思為「哪有這樣的時間」，我們直接看以下例句：

A：너 안 외로워?
　　你不孤單嗎？
B：그럴 틈이 어디 있어. 일도 바빠 죽겠는데.
　　根本沒時間孤單，工作已經夠忙了！

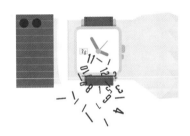

354
말이 안 통해
溝通不了

　　只看字面可能會以為這句是指話不通順，不過這句有兩種解釋：第一，語言不通。第二，因對方太固執或自我主張太強勢而無法溝通下去。請看以下例句：

1. 해외에서 말이 안 통해서 고생했어요.
　　在海外因為語言不通很辛苦。
2. 너랑은 정말 말이 안 통해.
　　和你真是溝通不了。

말이 안 통해.

　　第一句是指語言不通，第二句是指對方只顧著說自己的，沒辦法繼續溝通下去。

신경질 부리지 마
不要發脾氣

"신경질" 為「神經質」，"신경질쟁이" 是指「愛發脾氣的人」，"신경질 부리지 마." 指不要發脾氣、耍脾氣。看到一個人亂發脾氣，可以在旁邊説：「괜히 신경질이야.　無緣無故亂發脾氣。」

신경질 부리지 마.

그걸 말이라고 해?
你說的不是廢話嗎？

字面上的意思為：「你説的那是話嗎？」此句用於對方説出廢話、荒謬和根本不必要説的話時。例如，我明明是韓國人，但對方稱讚我的韓文很流利，這時候就可以説：「그걸 말이라고 해?　不是廢話嗎！」再提供另一個情況參考：我們等朋友等了兩個小時，朋友問：「오래 기다렸지?　等很久嗎？」我們就可以回：「그걸 말이라고 해?　不是廢話嗎！」

그걸 말이라고 해?

357

왜 건성으로 대답해?
為什麼要敷衍我？

「敷衍」這個單字韓國人用的頻率比臺灣人低。"건성"就是「敷衍」，如果想要把它應用在「為何要敷衍我」的句子裡，就得加使用於方法與手段的助詞"으로"（用），指「為何用敷衍的方式回答」。"건성"還可以指做事情沒誠意，例如：

- 건성으로 책을 읽었다.
  看書不認真、隨便翻翻。

358

말 다 했어?
你說完了嗎？

此句並非真的在問對方到底有沒有說完，而是聽到讓人不開心或具有攻擊性的言語時所使用的句子。當然有時候會指字面上的意思，不過多半是在爭吵中出現，中文可以理解成：「你剛說的那句話是認真的嗎？」「講那種話會不會太過份？」

모르면 어때
不知道又如何

■ 한국 사람도 아닌데 모르면 어때. 我又不是韓國人，不知道又如何。
■ 모르면 어때. 배우면 되지. 不知道又如何，學習不就好了嗎。

此句指「不知道也沒關係」，如果把"어때"改成"어떡해"會變成相反的句子：「모르면 어떡해？ 怎麼能不知道？一定要知道。」

모르면 어때.

360

다시 봤어
刮目相看

字面上的意思為「重新看了一次」，此句是以新的眼光去看待一個人的時候使用，正面或負面的情況皆可使用。比如一開始以為某人是一個不認真的學生，可是其實成績很好，這時候就可以用"다시 봤어."。

다시 봤어.

361
사람 잘못 보셨어요
你認錯人了

■ **사람 잘못 봤어.** 看錯人了。

　　若"잘못"沒有分開寫是指「錯誤」。此句有兩種意思：第一，真的是認錯人。第二，你誤會我了（我不是那樣的人）。提供一個情況讓大家了解其用法：有個不了解我的人以為我做事情糊塗又愛偷懶，但事實並非如此，這時候我們會說"사람 잘못 보셨어요."，代表對方誤會、看錯人了。這裡的"보셨어요"是敬語，用在不熟的人或年長者，對平輩或晚輩則改成半語"봤어"，講成"사람 잘못 봤어."。

사람 잘못 보셨어요.

362
그 마음 이해해요
我懂你的感受

　　安慰對方時使用的句子，表示說話者能理解聽者的感受。若是想表達「無法理解」，那麼在"이해해요"（理解）的中間加個否定"못"（不能、沒辦法），變成"이해 못 해요."（無法理解）即可。

그 마음 이해해요.

363 이제 안 그럴게
不會再這樣了

■ 이제 그러지 마. 不要再這樣了。

答應對方下次不會再這麼做。"이제"指「從現在開始」，"-(으)ㄹ게"表示第一人稱的意志，所以這句雖然沒有主詞，但是指的一定是「我」或「我們」。如果想要命令對方不要再這樣，就把句子改成命令句 "이제 그러지 마."即可。

이제 안 그럴게.

364 꼴볼견이다
真不像話

這句是針對做了討人厭的事情的人說的話，像是做出不該做或不像話的事情時，會說 "꼴볼견이다"。例如在連鎖咖啡廳六個人只消費一杯咖啡，聊天聊很大聲，從開門坐到打烊，在其他人的眼裡做出這種行為的人就是 "꼴볼견"。

꼴볼견이다.

365

무슨 상관인데?

關你什麼事？

在對方囉嗦的時候常常會說一句：「(네가) 무슨 상관인데？ 關你什麼事？」主詞不一定是你，改成任何一個人事物都可以。也有可能會聽到"이게 그거랑 무슨 상관인데?"，這句是在問：「這件事情和你說的那件事情有什麼關連？」此時並不是真的在問對方兩件事情有什麼關係，而是隱含著說話者認為兩件事情毫不相干。

무슨 상관인데?

366

내가 뭐랬어

我就跟你說吧

這句是間接引述，為"내가 뭐라고 했어"的縮寫。很多人看到字面上的字，誤以為這是真的在問：「我說了什麼？」不過這句並不是字面上的意思，而是嘲諷對方：「我就跟你說吧。」

A：그 사람 정말 나쁜 사람이야.
　　他真的很壞。
B：내가 뭐랬어. 나쁜 사람 같다고 했잖아.
　　我就跟你說吧。感覺就像是壞人啊！

내가 뭐랬어.

말을 해도 꼭...
你怎麼這樣說話……

此句是對説話很諷刺或很直接的人進行指責時使用。請看以下例句：

A：수지 기분이 안 좋아 보이네.
　　秀智看起來心情不太好。
B：헤어졌나 보지. 어제 남자 친구랑 싸우던데.
　　看來是分手了。她昨天跟男朋友吵架啊。
A：너는 말을 해도 꼭...
　　你怎麼這樣説話……。

　　秀智或許真的有跟男朋友分手，但是A認為在不確定的情況下，沒有必要做出負面的猜測，這時候就用到了 "말을 해도 꼭..." 的句型。

왜 이랬다 저랬다 해?
為什麼出爾反爾？

　　當一個人的言語行為前後反覆時所使用的句子。 "-았/었다가" 的文法用於「對立」的動作上，像是開門又關門、穿了又脱、站了又坐下， "이랬다 저랬다" 指「這樣做了又那樣做」，是 "이랬다가 저랬다가" 的省略詞。

왜 이랬다 저랬다 해?

369

다 이유가 있는 거야
都是有理由的

這裡說的理由並不重要，重要的是所有的事情發生都是有理由的，不管是好事或壞事。不明白為什麼會發生某件事情的時候，可用此句安慰自己或對方。請看以下對話：

A：면접에서 왜 떨어졌지?　為什麼面試沒有上呢？
B：그래도 다른 회사에 붙었잖아.　不過還是有上其他公司呀。
A：아니야. 그 회사가 더 좋았어.　不要，我覺得那家公司更好。
B：아이고. 떨어진 데는 다 이유가 있는
　　거야.　哎呀，沒上一定是有理由的。

B在最後說的句子有兩種解釋，第一個解釋：是A（面試者）不夠厲害。第二個解釋：上天都有安排好未來的路，所以面試沒上一定是有其他安排（例如另一家公司反而更好等等）。

370

아니면 _____
要不然

中文意思為「要不然的話 _____」。用法請看以下例句：

A：내일 10시까지 오세요.
　　明天十點前要到。
B：10시는 안 되는데요...
　　十點前沒辦法耶……
A：아니면 11시까지는 꼭 오세요.
　　要不然就十一點吧。

아니면 _____.

371

뭐가 어쩌고 저째?
你這什麼意思？

此句並不是真的在詢問對方的意思，而是聽到對方所說的話感到憤怒、無奈、荒謬時使用。請看以下例句：

A：너 때문이야. 네가 열심히 했어야지.
　　都怪你，你應該要認真一點啊。
B：뭐가 어쩌고 저째? 넌 아무것도 안 했잖아!
　　這話什麼意思？你根本什麼也沒做啊！

뭐가 어쩌고 저째?

372

한 번만 봐줄게
我體諒你一次

■ 오늘은 생일이니까 한 번만 봐줄게. 今天是你的生日，我饒了你一次。

"봐주다" 是「寬恕、饒」的意思，此句可以翻成「饒了你一次」、「體諒你一次」，句子裡的 "만" 為「只有、只是、只要」的助詞，強調只寬恕對方一次。

한 번만 봐줄게.

골때리네
很荒謬

■ 어제 골때리는 일이 있었어. 昨天發生了很荒謬的事情。

    "골때리다"指「荒謬、搞笑」，是動詞，可以指人很荒謬。除了直接應用"골때리다"，還可以改成冠形詞"골때리는 _____"，例如：

1. 골때리는 영화　搞笑的電影
2. 골때리는 상황　搞笑的情況

못됐다
惡劣

    這句指人心惡劣、人很壞。説到壞，大家第一個想到的或許是"나쁘다"，"나쁘다"和"못됐다"都可以形容人很壞，不過"나쁘다"在任何情況下（人、天氣、成績……）都可以使用，"못됐다"只能指人惡劣。

재미로 하는 거야
只是為了好玩而已

■ 농구는 재미로 하는 거야. 打籃球只是為了好玩而已。

這裡的 "재미" 就是 "재미있다" （有趣）的 "재미"，表示趣味。此句指做某件事情只是為了好玩，沒有特別的目的。如果學韓文沒有特別的目的只是「學好玩」，就把動詞改成 "배우다"，變成 "재미로 배워요." 即可。

재미로 하는 거야.

언제 오나 기다렸어
在等你什麼時候來

代表期盼著某人的到來，當我們等到之後使用 "언제 오나 기다렸어."。
請看以下例句：

A：늦어서 미안.
　　抱歉，我來晚了吧。
B：왜 이제 와? 언제 오나 기다렸어.
　　怎麼現在才來？我想說你什麼時候來。

언제 오나 기다렸어.

377

그러다 병나겠다
再這樣下去可能會累倒

■ 또 야근했어? 그러다 병나겠다. 又加班了嗎？會不會累倒啊？

　　"병나다"是「生病、得病」的意思，這句話指一個人繼續這樣下去會生病、累倒。如果看到附近有人因為做某件事情很操勞，或是因為某件事情過得很辛苦，可以說"그러다 병나겠다."。

그러다 병나겠다.

378

너도 그러면서
你不也是嗎？

　　翻成中文為：「你也這樣啊？」「你不也是嗎？」完整的韓文是"너도 그러면서 왜 그래?"，後面的"왜 그래?"可以省略。例如一個很愛花錢買東西的人對其他人說：「要好好存錢不能亂花錢。」這時候就可以對他說"너도 그러면서."。

너도 그러면서.

379 그냥 그렇다고
沒然後啦

這句用在說話時沒有特別理由、只是說說而已的時候。請看以下應用方式：

A：나 새 신발 샀다.
　　我買新鞋子了。
B：그래서 어쩌라고?
　　所以叫我怎樣？
A：그냥 그렇다고.
　　沒有啦，就這樣啦！

그냥 그렇다고.

380 못지않다
不輸給某人或某物

- 가수 못지않게 노래를 잘해요. 　唱歌不輸給歌手。
- 얼굴이 연예인 못지않아요. 　　臉蛋不輸給藝人（表示很美或帥）。

不輸給某人或某物、某事時使用。可以搭配各種不同文法應用，例如 "못지않게"（副詞）、"못지않은"（冠形詞）。

못지않다.

381

왜 시비야?
為什麼挑釁我？

　　"시비"本身是「爭吵」的意思，此句通常指某人無緣無故挑釁某人時使用，例如走在馬路上，不認識的路人突然對我們説髒話、挑釁我，這時候就可以説"왜 시비야?"，後面還可以多補一句"가던 길 가세요."。"가던 길 가세요."意思是「繼續走你的路」，也就是叫對方別多管閒事了。

382

만만치 않다
不能小看

- 만만치 않은 사람이에요.　不能小看他。
- 이게 정말 만만치 않아요. 這真的不容易。

　　我們在204頁332句有學過 "만만하다"（好欺負）的用法，"만만치 않다 "是它的相反，可以用在任何人事物上。

엮이기 싫어
不想被牽扯到

■ 저 괴롭히지 마세요. 정말 엮이기 싫어요. 不要煩我了，我不想被牽連到。
■ 이상한 사람이랑 엮이기 싫어요. 　　　　不想被奇怪的人受到牽連。

「不想被牽連」時使用，不管是和某人或某件事有關係都可以使用。

엮이기 싫어.

내가 미안하지
我才對不起你

雖然字面上看不出到底是什麼意思，但這句其實是要表達「我才對不起你」。如果要表達「我更對不起你」，只要把 "더" 加進來，讓句子變成 "내가 더 미안하지." 即可。

내가 미안하지.

385

말을 했어야지
你應該要跟我說啊

■ 오늘 못 나온다고? 그럼 말을 했어야지.
今天不能出門嗎？那要早點跟我說啊！

用於指責對方沒有事先說。除了 "말을 했어야지."，還可以應用成 "-아/어 주다" 的方式，讓句子變成 "말을 해 줬어야지."，兩句的意思相同。

말을 했어야지.

386

좋을 때다
真是好的時候啊

此句是站在「過來人」的立場上說，所以通常是年長者對晚輩說 "좋을 때다."。不過不是只有長輩對晚輩說，和平輩之間或不認識的人也可以使用。例如看到一對新婚夫妻很甜蜜，如果我們已經結婚了，就可以說 "좋을 때다."。

387 입장 바꿔 생각해 봐
換個立場去想想看

■ 입장 바꿔 생각해 봐. 너도 싫잖아.
換個立場去想想看，你也不會喜歡啊。

不管是換作誰的立場皆可使用，還可以把此句應用成「입장 바꿔 생각해 봤는데　我有換過立場去想過」，例如：「입장 바꿔 생각해 봤는데 내가 잘못한 것 같아.　我有換過立場去想過，還是覺得我錯了。」

388 귀신이 곡할 노릇이다
見鬼了

指某件事情非常的奇妙、不知道隱情時使用，是韓國的俗語。請看以下應用方式：

1. 지갑에 있던 돈이 어디 갔지? 귀신이 곡할 노릇이네.
   放在錢包裡的錢到底跑去哪裡了？真是見鬼了。
2. 이 열쇠가 맞는데 왜 안 열리지... 귀신이 곡할 노릇이네.
   是這鑰匙沒錯啊 怎麼打不開呢……真是見鬼了。

귀신이 곡할 노릇이다.

389 보자 보자 하니까
忍了很久

■ 보자 보자 하니까 왜 자꾸 반말이야?
　我忍了很久，你為什麼一直說半語？

보자 보자 하니까.

　　此句為慣用語，"보자 보자 하다"本意是「雖然不喜歡，但忍住又忍住」，"보자 보자 하니까"用於「忍了很久最終爆發」的時候。此句可以再加其他的句子，或是直接說"보자 보자 하니까"即可。

390 그만그만해요
都差不多

■ 키가 다 그만그만해요.　個子都差不多。
■ 수준이 그만그만해요.　水準差不多。

　　我們在50頁第030句有學過「差不多」的韓文，除了"비슷비슷해요."外，"그만그만해요."也是韓國人常用的句子。"그만"是「停止」的意思，所以很多人誤會這句是命令別人要停止，但"그만그만해요."其實是「差不多」的形容詞。

보면 몰라?

看了不就知道了嗎？

此句用中文的角度去看會猜想不出真正的意思，"-(으)면"為假設用語，中文為「……的話」，若把此句直接翻成中文會是：「看的話不知道嗎？」意思是說：「看了不就知道了嗎？」有諷刺的意思在。比如說，朋友分手很難過，有人硬要在旁邊問，這時候我們可以回覆 "보면 몰라?"。

보면 몰라?

왜 네 생각만 해?

為什麼只想你自己？

此句是怪罪對方只想到自己、自私。舉例來說，和朋友約好今天見面，但是朋友不想出門，見面前幾個小時臨時要改約其他時段，這時候可以說 "왜 네 생각만 해?"。或者和一個很會吃辣的朋友出去吃火鍋，朋友不問我的意見，直接把辣油倒到火鍋裡，這時候也可以說 "왜 네 생각만 해?"。

왜 네 생각만 해?

393

이제 시작일 뿐이에요
才剛開始而已

　　這句指某件事情才剛開始而已，未來還有漫長的路要走。比如說學了韓文發音後覺得很難，可是學發音只是第一步而已，還有更難的文法要學習，這時候就可以使用 "이제 시작일 뿐이에요."。

394

뭐가 불만이야?
到底有什麼不滿的地方？

　　在字典上查詢「不滿」，可能會出現形容詞單字 "불만족하다"，但韓國人比較少使用 "불만족하다"，如果要表達「不滿」，可以用名詞 "불만"，例如「불만이 많다　非常不滿」，或是在 "불만" 後面加其他動詞，像「불만이 쌓이다　積累不滿」、「불만을 품다　抱著不滿」。

뭐가 불만이야?

395

사진발이에요
照片是騙人的

　　此句就是年輕人說的「照騙」。"＿＿＿＿＿발"指的是某種效果，除了"사진발"還可以接各種名詞，例如"머리발"，指某人靠髮型讓人感覺帥或美麗；"화장발"，指某人化妝的樣子和卸妝後的樣子不同。

396

뭐 하려고?
想要幹嘛？

　　這裡的"-(으)려고"指「為了」，此句的中文意思是：「你想要幹嘛？」請看以下例句：

A：너 10만원 있어?
　　你有十萬元嗎？
B：왜? 뭐 하려고?
　　怎麼了？你想幹嘛？

　　B在詢問A要十萬元的目的是什麼，這時候直接說"뭐 하려고?"即可。

뭐 하려고?

397

정신 사나워
心煩意亂

- 정신 사나워. 제발 조용히 해.
  煩死了，拜託安靜一點。
- 너 때문에 정신 사나워 죽겠어.
  被你搞得頭好暈。

정신 사나워.

　　此句指環境或某人非常散漫，導致自己心煩意亂時使用。或者看到某人一直走來走去讓人頭暈時，也可以使用此句。

398

형편없다
很差勁

- 한마디로 형편없어요. 一句話來說，非常差勁。

　　表示非常差勁、糟糕。針對某件事情的結果或品質、狀態不好時使用，例如：「커피 맛이 형편없어요. 咖啡味道很糟糕。」「시험 점수가 형편없어요. 考試成績很糟糕。」

형편없다.

네 손해야
是你的損失

■ 안 먹으면 네 손해야.　不吃的話是你的損失。（表示對方一定要吃）
■ 이게 왜 내 손해야?　這為什麼是我的損失呢？

　　"손해" 指「損害」，是名詞。此句當中的主詞不一定是「你」，也可以是第一人稱的「我」。如果要改成動詞用法，後面得多加 "보다" 讓它變成 "손해를 보다"。

네 손해야.

쉬엄쉬엄해
多休息休息再做

　　"쉬엄쉬엄하다" 指一邊休息一邊慢慢地進行某件事情。"쉬엄쉬엄" 本身為副詞，後面不一定是接 "하다" 的動詞，也可以接各種動詞，例如「쉬엄쉬엄 가다　慢慢過去」、「쉬엄쉬엄 걷다　慢慢走」。

쉬엄쉬엄해.

第 4 章

韓國人表達感情和狀態的100句

기대돼요
好期待

- 기대할게요.　　　我會期待的。
- 기대하지 마세요.　別期待了。

　　大多數人把「我好期待」翻成韓文時會翻成 "기대해요."，但是這句話對韓國人來說並不是「我好期待」的意思，而是「請你期待、敬請期待」。「我好期待」應該用 "기대되다"，直譯是「某件事情讓我期待」的意思，所以當我們要表達「好期待與你見面」時應該用 "기대돼요."。若想要表達「不要期待」，則用 "기대하지 마세요."。

시원하다
爽快

　　"시원하다" 中文翻譯成「涼爽、涼快」。在韓文中不一定只能用在天氣上，吃東西時讓我們覺得舒服時也會使用，例如喝了熱呼呼的湯，喝完之後也可以說 "시원하다." 除此之外，在韓國有很多的 "목욕탕"（洗澡湯），許多 "아저씨"（大叔）泡完熱湯後會說 "시원하다"，這時候不是真的在說水很涼，而是水讓他的身體舒服、放鬆了，才會說 "시원하다"。

시원하다.

즐겨 _____
喜愛 _____

- 즐겨 먹는 음식이 뭐예요?　　愛吃的食物是什麼?
- 이건 제가 즐겨 듣는 노래예요.　這是我愛聽的音樂。

　　講到喜歡、喜愛,第一個聯想到的單字一定是"좋아하다",除了"좋아하다",韓國人也很愛用"즐기다"這一個動詞,那要如何應用呢?在"즐기다"後面加動詞即可。使用網路時,如果看到喜歡的網頁,大家都會把它加入「我的最愛」,「我的最愛」的韓文就是從"즐기다"加上"찾다"(找)延伸過來的單字:"즐겨찾기"。

멍 때리고 있었어
在放空

- 다른 생각하고 있었어.
  剛剛在想別的。

　　"멍 때리다"為「發呆」的動詞。當我們放空發呆時被別人問:「무슨 생각하고 있어? 在想什麼呀?」可以回覆"멍 때리고 있었어."。如果在想事情,就說"다른 생각하고 있었어."即可。

405

적당히 해라
夠了沒

적당히 해라.

■ 너 자꾸 이럴래? 你要繼續這樣下去嗎?

　　此句可翻成「不要太誇張了、夠了沒」,對方快要踩到説話者的極限時使用。另一種説法為:「너 자꾸 이럴래? 你真的要這樣下去嗎?」雖然意思差不多,但是比起命令句的 "적당히 해라.", "너 자꾸 이럴래?" 語感上比較像是勸告、警告對方不要再這樣了。

406

고구마 먹은 느낌이야
納悶

　　此句是近年在韓國流行的表達方式,就像字面上的意思一樣,一個人的態度或行為讓我們有「吃完地瓜後悶悶的感覺」時使用。若想強調納悶的程度,可以在句子裡多加地瓜的數量即可,例如 "고구마 _____ 개 먹은 느낌이야.",空格中地瓜數量越多代表納悶的程度越高。

　　再來學個相反句:「사이다 마신 느낌이야. 喝汽水的感覺。」韓國人把「內心暢快」、「痛快」的感覺,用「喝完汽水後的感覺」來比喻,或是直接説 "사이다"(汽水)也是可以的。

불난 집에 부채질한다
火上澆油

此句是在「幫不上忙就算了，還讓生氣的人更生氣」或「讓處於困境的人更陷入困境」時使用，是韓國的俗語。也就是中文的「火上澆油」，不過韓文的表達方式為「吹扇子到失火的家」。請看以下應用句：

A：그거 알아? 걔가 네 욕 엄청 많이 했는데.
你知道嗎？他說過你很多壞話！
B：알겠으니까 불난 집에 부채질하지 마.
我知道了，拜託不要火上澆油。

말들이 많아요
議論紛紛

■ 요즘 말들이 많으니까 조심하세요. 最近大家議論紛紛，請多加注意。

看到這句，很多人會誤以為這是指一個人話很多，雖然確實有可能是指一群人很呱噪，但是這句通常用在其他情況。"들"為複數，因此這句話表示「有很多人在講、議論紛紛」，基本上是指負面的情況。除此之外，用來給對方警惕、警告時會說：「요즘 말들이 많으니까 조심하세요. 最近很多人在說，你要多加注意言行和行為。」

409

시간 가는 줄 몰랐어
太沉迷某件事情忘記時間

- 영화가 너무 재미있어서 시간 가는 줄 몰랐어. 電影太有趣都忘記時間了。
- 시간 가는 줄 모르고 쇼핑했어요.　　　　逛街到都忘記時間。

　　這句話很多人會把它翻成「不知道時間怎麼流逝的」，意思就是太沉迷一件事情而忘記了時間、沒想到時間過這麼快。這句可以應用成 "시간 가는 줄 모르고 _____." 的句型。

410

말만 잘해
只會說

　　"말" 是「話」的名詞，"만" 是「只要、只會」的助詞，"잘해" 是「很會」的意思，這句話指一個人很會回答（ =대답만 잘해.），或是只會說說不會去執行。因為多了一個 "만" 的助詞，所以此句不是指一個人很會說話，若想要表達「很會說話」，把 "만" 拿掉即可。

말만 잘해.

411

마음에 안 들어
不喜歡，不合心意

"마음에 들다"是指「喜歡、合心意」，不管喜歡的對象是衣服或是人皆可使用。如果要改成「不喜歡、不合心意」，只要把否定 "안" 加進來即可。以下為應用句：

마음에 안 들어.

1. 저 사람 말이 많아서 마음에 안 들어.
   那個人話太多，我不喜歡。
2. 제가 준비한 선물 마음에 들어요?
   喜歡我準備的禮物嗎？
3. 마음에 드는 사람 있어요?
   有喜歡的人嗎？

412

큰맘 먹었어
下了很大的決心

- 큰맘 먹고 산 가방이에요. 下了很大決心買的包包。
- 큰맘 먹고 자른 머리예요. 這是下了很大的決心才剪的頭髮。

是 "큰마음을 먹다" 的縮寫，中文會翻成「下定決心、下了很大的決心」，是一句慣用語。"마음" 為「心」，"큰" 為「大的」的意思，這句會在「做了很難的決定時」使用，可以應用成 "큰맘 먹고 _____."。

정신없어
手忙腳亂

字面上指的意思為「沒精神」，但是也可以指「手忙腳亂」，非常忙碌的意思。

A：제시카 씨, 요즘 얼굴 보기 힘드네요.
潔西卡，最近很難碰到妳。
B：이사하느라고 정신없거든요.
因為在搬家，很忙碌。

막막하네요
茫然

■ 어디에서부터 시작해야 할지 막막하네요.
不知道從何開始。

"막막하다"為「茫然」的意思，此句通常用在負面的情況，因為太廣泛感到很遙遠的時候使用，例如「막막한 인생 茫然的人生」、「앞길이 막막하다 前途茫然」。

막막하네요.

415

나도 마찬가지야
我也一樣

　　"마찬가지"和"똑같다"一樣是「同樣、一樣」的意思。如果要表達我也是（和你）一樣，比起"나도 똑같아."，使用"나도 마찬가지야."較為口語。"마찬가지"為名詞，應用時偶爾會以"마찬가지로"（同樣地）的形式出現。

나도 마찬가지야.

416

제멋대로야
任性

■ 그 사람하고 말하기 싫어. 너무 제멋대로야.
　不想跟他說話，他都太任性了。

　　"제멋대로"為副詞，表示「任意、隨心所欲」。直接說"제멋대로야."，或是在"제멋대로"後面接其他句子也沒關係，例如「제멋대로 행동하다　任意行動」、「제멋대로 쓰다　任意使用」。

제멋대로야.

417 부담 갖지 마세요
不要感到負擔

　　"부담" 是「負擔」的意思，我們先來了解 "부담스럽다" 這個形容詞吧。如果有一天被邀請去朋友家，朋友家人不僅招待好料，又送一些小禮物，這時候我們可以說：「너무 잘해 주셔서 부담스러워요.　對我太好了，讓我真不好意思。」這句雖然字面上是說有負擔，但其實是在表達不好意思，對方在這個情況下可以說：「부담 갖지 마세요.　不要有壓力。」

부담 갖지 마세요.

418 너무 빡세요
太操勞了

- 이 일은 너무 빡세요.
  這工作很累。
- 한국어 수업이 빡세서 열심히 해야 돼요.
  因為韓文課壓力很大，必須要認真。

　　指壓力很大、很操勞，是韓國人愛用的口語表現。若想要使用書面或正式的用法，可以用 "힘들다" 來取代。

419

무리하지 마
不要有壓力

- 무리했어.　累壞了。
- 무리했나 봐.　看來累壞了自己。

　　"무리하다"是「勉強」的動詞。有時候工作太勞累而累壞了自己的身體時，可以說 "무리했어." 或 "무리했나 봐."（ -나 봐為「似乎……、好像……」）。我們也可以對對方說 "무리하지 마."，指「不要勉強自己、不要給自己太大壓力」的意思。

무리하지 마.

420

몸이 좀 안 좋아요
身體不太舒服

- 안색이 안 좋아 보여요.　氣色看起來不太好。

몸이 좀 안 좋아요.

　　"몸이 안 좋다"指「身體不適」。如果不想要解釋得太詳細，只是想說身體有些不適，那我們就用 "몸이 안 좋아요." 即可。"좀"是指「一點點」，是 "조금"的縮寫，可以加在句子裡，也可以選擇不要加。

정떨어졌어
心寒了

我們先來了解一下 "정" （情），韓國人很注重 "정" 這個情感，如果在韓國生活，很容易接觸到和 "정" 相關的句子或是廣告。 "초코파이" （巧克力派）是在韓國最受歡迎的零食之一， "초코파이" 行銷時會不斷地強調 "정" ，在廣告裡，看到哭泣的孩子就送他一包巧克力派來哄他，他們説這就是韓國人的「情」，所以在巧克力派的包裝上會看到「情」這個漢字。 "떨어졌어" 是「沒了、掉落了」，所以 "정떨어졌어." 一整句的意思是指「已經沒感情了、心寒了」。

정떨어졌어.

통이 크다
很大方

"통" 指「衣服袖子的寬度」，所謂的「袖子寬度大」是比喻一個人大方。比如説，對於每次都喜歡請客的人，我們可以對他説 "통이 크다" 。

423

요즘 잘 나가요
最近很暢銷

■ **요즘 잘 나가는 상품이에요.** 這是最近暢銷的產品。

　　這句指東西賣得好。韓國人通常用
兩種句子來說暢銷，第一為 "물건이 잘
팔려요."，第二為 "요즘 잘 나가요."。
在這裡我們要注意的是句子的空格，
"잘 나가요" 中間必須要空格，若沒空
格則是指一個人在社會上的地位穩固、
成功。

424

주책이다
白目

　　此句是韓國人很愛用的句子。 "눈치" 就是「臉色」的意思，在韓國生活
不能沒有 "눈치" 這樣東西，一定要會看臉色。這句是韓國人對於不會看臉
色、白目的人使用的句子，有時候翻成「不知好歹」。

주책이다.

425

바가지 썼어요
被坑了

　　"바가지"指「水瓢」，"바가지 썼어요."字面上的意思為「戴水瓢」，但這句話為什麼會是指「被坑」的意思呢？我們來想像一下，如果把水瓢戴在頭上，就算東西的價錢寫在眼前，我們還是看不到價錢，所以「戴上水瓢」就是指「買了不具有相當價值的東西」。

바가지 썼어요.

426

몰라봤어요
認不出來

■ 많이 변해서 몰라봤어요. 變了太多，認不出來了。

　　不一定是外觀上認不出，還可以翻成忽視、有眼不識泰山。。

　　舉例來說，對方是鋼琴高手，我們卻不知道他是高手，這時候也可以説：「죄송합니다. 몰라봤어요. 對不起，我忽視你了。」

몰라봤어요.

427

타이밍이 좋았어
時機良好

■ **타이밍이 안 좋았어.** 時機不好。

這裡説的"타이밍"是英文timing
翻過來的外來語，除了使用外來語之
外，還有漢字翻過來的單字"시기"
（時機），不過很多人還是習慣使用
"타이밍"，時機好或壞皆可使用
"타이밍"。

타이밍이
좋았어.

428

속이 안 좋아요
腸胃不適

"속"指「心裡、肚子、裡面」。"속이 안 좋아요."當然也可以指肚子
怪怪的，但是它還可以當噁心、想吐、消化不良、反胃口。以下用各種不同的
句子來了解它的使用方法：

1. 속이 안 좋으면 죽을 드세요.
   如果消化不良，請吃點粥吧。
2. 늦게까지 술을 마셔서 속이 안 좋아요.
   昨天喝到很晚，腸胃有些不適。
3. 배만 타면 속이 안 좋아요.
   只要搭船，就想吐。

속이 안 좋아요.

몸살 났어요
快感冒了

　　比起 "감기 걸렸어요."（感冒了），或許更常用 "몸살 났어요."。"몸살 났어요." 很難用中文翻譯，因為它包含感冒前所有不適的症狀，像是冒冷汗、肩頸痠痛、發燒流鼻涕、全身發抖等等。當我剛來臺灣時，聽到周邊朋友說：「我快感冒了。」心裡想：「感冒就是感冒，什麼叫快感冒？難道臺灣人知道自己什麼時候會感冒嗎？」後來才知道原來臺灣朋友指的「快感冒」就是 "몸살 났어요."。

몸살 났어요.

항상 느끼지만 _____
總是覺得 _____

　　這句指「總是有這樣的感覺」，是一種強調的說法。
例如：

항상 느끼지만
_____.

1. 항상 느끼지만 너무 예뻐요.
   總是覺得很美。
2. 항상 느끼지만 한국어는 어려워요.
   總是覺得韓文很難。

431

다 헛소문이야
全都是謠言

　　"헛"意為「沒用的、錯誤的」，"소문"為「傳言、謠言」，"헛소문"就是「錯誤的傳言」。「別講屁話」也會使用"헛"，寫成"헛소리하지 마."。我們來應用"소문"造些句子：

다 헛소문이야.

1. 소문 들었어?
   你有聽到消息、謠言嗎？
2. 그런 소문이 있어요.
   有這樣的謠言。
3. 벌써 소문났어요.
   走漏風聲了。

432

젊어 보이네요
看起來年輕

　　如果在韓國生活，會很常聽到這一句。在一個問卷調查中，這句被列為外國人最不想聽到的韓文句子第一名，到底為什麼呢？原因是當外國人聽到此句時會在心裡想：「難道你的意思是我現在很老嗎？」但是這句對韓國人來說並沒有這樣的意思在，只是讚美一個人的打扮、穿著看起來很不錯，是讚美的句子，所以聽到這句話別再誤會了！

젊어
보이네요.

입만 살아 가지고
只出一張嘴

在前面學了許多關於"입"（嘴巴）的慣用語，再來學一個新的吧！"살다"指「活著」，「嘴巴活著」到底是什麼意思？就是中文説的「出一張嘴」，其實是在諷刺別人。此句可以和244頁410句學過的「말만 잘해. 只會説。」替換使用。

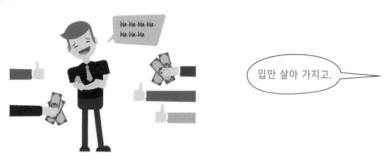

입만 살아 가지고.

잘 보이고 싶어요
想要表現得好

■ 제시카에게 잘 보이고 싶어요. 想要在潔西卡面前表現得好。

查「表現」的單字時，在字典裡會看到"표현하다"，它雖然也是「表現」的意思，不過當我們要説「討好別人」、「想要對於某人有好的表現」時，得用"잘 보이고 싶어요."。如果不小心使用了"잘 표현하고 싶어요."，那麼此句意思會變成「我想要用文字或表情等方式，來表達我的內心想法」。

435

산만하다
心不在焉

■ 정신이 딴 데 팔렸어. 心不在焉。

　　"산만하다" 是「散漫、不集中」的意思，
有時候也可以間接的翻譯成「心不在焉」。另一
種說法是 "정신이 딴 데 팔렸어."，字面上的意
思是「精神被賣到其他地方去了」，使用被動詞
來形容，就是指做事情不集中、在想別的。

436

몰라보게 _____
認不出來

■ 얼굴이 몰라보게 변했어요.
　臉變得都快認不出來了。
■ 예전하고 몰라보게 달라졌어요.
　和以前相比變化大到認不出來。
■ 화장이 진해서 몰라봤어요.
　化妝太濃，沒有認出來是妳。
■ 하나도 안 변했어요.
　一點也沒變。

　　"몰라보다" 是「認不出」的意
思，可以把它改成副詞 "몰라보게
_____." 來使用，當然也可以直接
說：「몰라봤어요. 認不出來是你。」

몰라보게 _____.

437

눈을 뗄 수가 없어요
無法轉移視線

"떼다"為「分離」的意思，"눈을 떼다"指「轉移視線」，"눈을 뗄 수가 없어요."此句為「無法轉移視線」，用在人事物上皆可，例如：

1. 눈을 뗄 수 없을 정도로 멋있어요.
   比喻帥到無法轉移視線。
2. 경기가 너무 재미있어서 눈을 뗄 수 없었어요.
   因為比賽太有趣無法轉移視線。

> 눈을 뗄 수가
> 없어요.

438

섭섭해요
惋惜、難過

這句話韓國人很常使用，是在韓國生活時不可缺少的形容詞，代表「惋惜、難過」的意思。這句話可以在各種情況下使用，例如：被好朋友懷疑、某人冷落我們、外國朋友要回故鄉等等，都會使用"섭섭해요."。

439

엉망이에요
亂七八糟

　　亂七八糟的韓文為"엉망진창"，但是它不好發音，所以可以直接縮成
"엉망"來使用。眼下的狀況、食物、外貌、心理狀態等情況都可以使用。例
如：「이 식당 음식은 엉망이에요.　這餐廳的食物很糟糕。」「회의 내용이
엉망이에요.　開會內容都亂七八糟。」「요즘 정리할 시간이 없어서 방이
엉망진창이에요.　因為最近沒空整理，房間亂七八糟。」

엉망이에요.

440

기대만 못해요
不符期待

　　此句比較簡單的用法是"실망했어요."（失望），不過"실망했어요."語
氣較強。"기대만 못해요."指某件事情沒有達到我期待的標準、不符期待，
並不像"실망했어요."會太直接。例如：

A：영화 어땠어요?
　　電影如何？
B：기대만 못했어요.
　　不如我的期待。

기대만 못해요.

현실감이 없어요
不切實際

　　很多人問我有沒有在追韓劇，我每次都回答：「안 봐요. 현실감이 없어서. 不看，因為不夠現實。」此句不一定是用在事情上，有時候看到長得很美、很帥的人，或是身材非常好的模特兒，我們也可以說 "현실감이 없다"。如果在韓國網頁打 "현실감 없다" 搜尋會出現許多藝人，代表他們長得不切實際。

뜸들이지 마
別賣關子

　　如果有人說話故意拖延時間，讓我們著急的時候就會說 "뜸들이지 마."，"뜸들이다" 本身的意思為「燜（飯）」，燜飯時不能去動它，要好好放在那邊，所以如果有人什麼話都不說故意拖時間、類似燜飯的這種行為，韓文就叫 "뜸들이다"，所以 "뜸들이지 마." 是叫對方不要燜飯，也就是不要賣關子。

뜸들이지 마.

443 꿈만 같아요
像夢一樣

「很難相信眼前發生的事情」時使用，語意上帶有幸福的感覺。如果考上第一志願的大學，就可以說 "꿈만 같아요."。此句若是回想過去的事情，就套用回想的文法 "-았/었던 _____" 即可，例如「꿈만 같았던 휴가 如夢境般的休假」。

444 매력 있어요
很有魅力

■ 한국의 매력에 빠졌어요. 墜入韓國的魅力了。

關於 "매력" 有個很有趣的單字，"매력쟁이" 和 "매력덩어리"，是指很有魅力的人。"매력" 則不一定是指人，也可以指事物。

매력 있어요.

마음 단단히 먹어
狠下心來

用於未來有艱難的事情或負面的事情會發生時，勸告對方要狠下心來。

很多時候在韓劇裡會聽到，女主角要復仇或分手時朋友會對女主角說 "마음 단단히 먹어."。

얼굴이 왜 그래?
有什麼心事嗎？

■ 무슨 고민 있어? 有什麼煩惱嗎？

這句可以是字面上的：「你的臉怎麼了？」不過通常並不是字面上的意思，而是問對方是不是發生了什麼事情，臉色看起來不好的時候使用。詢問對方是不是有心事的句子，除了 "얼굴이 왜 그래?" 外，"무슨 고민 있어?"（有什麼煩惱嗎？）也是很常用的句子。

얼굴이 왜 그래?

447

소름끼친다
毛骨悚然

　　"소름끼친다"為因恐怖或驚嚇的事情
而驚悚、令人起雞皮疙瘩時使用，例如聽到
了鬼故事、目睹不好的事情等，基本上用於
負面的事情。好比附近有個很善良的鄰居，
後來發現他其實是個很恐怖的人，這時候就
會説"소름끼친다."。

448

한발 늦었다
晚了一步

　　買東西時剛好晚了一步沒買到，就使用"한발 늦었다."。説這句話時代
表「已經」晚了一步，所以在應用上使用過去式"늦었다"來説。請看以下例
句：

A：이미 매진됐습니다.　我們已經賣完了。
B：한발 늦었다. 좀 일찍 올걸!　我晚了一步，應該要早一點來的！

눈이 높아요
眼光高

　　"눈이 높아요." 表示「眼光高」， "눈이 높아요." 的相反為 "눈이 낮아요." 。關於 "눈" 的慣用語很多，我們來學一下有趣的慣用語吧！

1. 눈이 뒤집히다

　　"뒤집히다" 是「翻過來」的意思。那麼「眼睛翻過來」到底是什麼意思呢？這句用於太執著某件事情或是受到打擊時使用，中文可以翻成失去理智、暴怒。

2. 눈에 밟히다

　　"밟히다" 為「踩」的被動詞。什麼叫「被眼睛踩」呢？ "눈에 밟히다" 指心裡牽掛、歷歷在目的意思。

눈이 높아요.

다정다감한 사람이에요
是個貼心的人

　　"다정다감" 是漢字「多情多感」翻過來的單字，在250頁421句有提到韓國人重視「情」的故事， "다정다감" 代表一個人感情細膩。可以把 "다정다감" 改成 "다정하다" ，直接說 "다정한 사람이에요." ，表示貼心。

다정다감한 사람이에요.

451

좋아했던 _____
曾經喜歡的 _____

■ 제가 고등학교 때 좋아했던 사람이에요. 他是我高中喜歡過的人。
■ 예전에 좋아했던 음식인데 질렸어요. 是我之前喜歡過的食物，但是吃膩了。

　　"좋아했던" 後面加名詞使用即可。 "-았/었던" 用於回想過去的時候，此動作在過去已經完成，並沒有持續到現在，中文翻成「……的」。臺灣電影《那些年，我們一起追的女孩》的韓文片名就是「그 시절 우리가 좋아했던 소녀　那時光，我們喜歡過的女孩」。

小筆記

**-(으)ㄴ 和
-았/었던 有什麼差別嗎？**

　　"-(으)ㄴ" 只是單純表達過去事情而已，但 "-았/었던" 有「回想」之意。此外， "-았/었던" 是表達過去已經完成、結束，用於和現在已經斷絕的事情上，而 "-(으)ㄴ" 陳述的事情至今有可能仍然持續著。請比較以下兩句：

1. 내가 입사한 회사예요.
2. 내가 입사했던 회사예요.

　　看第一個句子，表面上是無法知道還有沒有在這間公司上班，但是第二個句子代表已經不在這家公司上班了。

452

염치가 없다
不要臉

　　"염치" 為「廉恥」， "염치가 없다" 是指一個人不要臉。如果一個朋友不斷地借錢卻又不還，還繼續到處借錢，這時候就說 "염치가 없다"。

염치가 없다.

453

녹초가 됐어요
筋疲力竭

- 요즘 야근 때문에 녹초가 됐어요.
  最近因為加班全身癱軟。
- 피곤해서 녹초가 됐어요.
  疲勞得全身癱軟。

　　"녹초"是「癱軟」的意思，如果要應用在句子裡，需要搭配 "되다"，中文翻成「筋疲力竭」。

454

병이 났어요
生病了

　　有時候不想說得太仔細，只想表達「生病了」，那麼使用 "병이 났어요." 即可。韓國人使用此句時通常指的是因為勉強做某件事情，或做事情太勞累而導致生病的時候使用，不像一般感冒等症狀。舉例來說：「요즘 무리해서 병이 났어요.　最近做事情太累，生病了。」「매일 야근했더니 병이 났어요. 因為每天加班，生病了。」

병이 났어요.

오지랖이 넓다
愛管閒事

很愛管閒事的人稱為 "오지랖이 넓다" 。 "오지랖" 為「前襟」，前襟越寬就會覆蓋越多的衣服，所以愛管閒事的人就用 "오지랖이 넓다" 來比喻。

오지랖이 넓다.

열정이 넘쳐요
熱血沸騰

"넘치다" 是「溢出、超過」的意思， "열정이 넘쳐요." 表達「熱血沸騰」。那有沒有相反的句子呢？熱血沸騰的相反為 "열정이 식다" ， "식다" 是涼掉的意思。韓國人常說 "냄비근성" 這個單字，中文可以翻譯成「三分鐘熱度」。那為何要用 "냄비" （鍋子）來比喻呢？鍋子能很快地讓水滾燙，也很快地讓水涼掉，所以把鍋子比喻成一個人對於某件事情很興奮、熱衷，但很快又沉澱下來的態度。

아침부터 울화통 터지네
從一大早就氣得要命

　　從一大早就遇到生氣的事情時，就會説 "아침부터 울화통 터지네." ，
"울화통" 指悶在心裡的火氣， "터지다" 指爆發，所以這句指「怒火爆
發」。很多韓國人心裡有 "화병" ，此病是遭遇冤枉的事情或是受到委屈悶在
心裡所產生的，實際上韓國人很常用 "이러다 화병 나겠다." ，這句話是指如
果再繼續這樣下去會得 "화병" 的意思，所以我們的火氣還是得適當的發洩。

홧김에 _____
一賭氣，_____

　　"홧김에" 後面必須接其他句型使用，例如：「홧김에 던져버렸어요.　一
賭氣，就把東西給丟了。」「홧김에 헤어졌어요.　一賭氣就分手了。」通常後
句接過去式居多，但是不一定只能接過去式，像「홧김에 그런 거야?　在氣頭
上才會這麼做的嗎？」等句子也可以用。

459

배가 아프다
見不得人好

■ 그 사람이 유명해졌는데 왜 네가 배가 아파? 他變有名，你幹嘛忌妒他？

　　這句有時候並不是指字面上的「肚子痛」，而是指「見不得人好」，在字典上 "배가 아프다" 解釋為「忌妒、妒忌」。韓文有一句俗話叫：「사촌이 땅을 사면 배가 아프다.　親戚買地肚子痛。」也是「見不得人好」的意思。

배가 아프다.

460

바람맞았어요
被放鴿子了

　　"바람맞다" 原本是指「中風」，那為何現代人會把「中風」當「被放鴿子」來使用呢？當我們被放鴿子時心裡會有種空虛感，現代人把這種空虛感和中風後躺在病床上的空虛感聯想在一起，才會用 "바람맞다" 來比喻。

바람맞았어요.

461

어깨가 무거워요
責任重大

　　字面上的意思為「肩膀很重」，是指責任重大、心裡負擔很大。事情處理好、脫離責任後，我們就可以把 "무거워요" 改成 "어깨가 가볍다"（減輕了負擔）。請看以下例句：

❶ A：내일 발표지요?　　　　明天報告吧？
　 B：네. 어깨가 무거워요.　對，負擔很大。

❷ A：발표 끝났어요?　　　　報告結束了嗎？
　 B：네. 어깨가 가볍네요.　對，減輕負擔了。

462

안 먹혀요
不吃香

■ 요즘 이런 스타일이 잘 먹혀요.　最近這種款式很吃香。
■ 거짓말이 안 먹혀요.　　　　　　說謊沒用（對方不相信）。

　　"먹히다" 是 "먹다" 的被動，「被吃」的意思，但是另一種意思是「受歡迎」，某些話或某些行為很容易被別人接受。"한국 사람에게 잘 먹히는 광고예요." 指廣告接受度高，受到韓國人歡迎的意思。否定的 "안 먹혀요." 就是指不被別人接受，不吃香。

463 몸조리 잘 하세요
調養好身體吧

- 집에 가서 몸조리 잘 하세요.   回家好好調理身體吧。
- 감기에 안 걸리게 몸조리 잘 하세요. 好好照顧身體不要感冒了。

     "몸조리" 指調理身體，通常對生產後的人或身體虛弱的人使用，中文可以翻譯成「調理好身體、照顧好身體」。

464 엄살 좀 그만 부려
別裝痛了

- 엄살 부리지 마. 別裝痛。

     "엄살" 是「裝假、裝病」，後面要接 "부리다" 的動詞： "엄살 부리다"。「別裝痛」不一定用 "엄살 좀 그만 부려."，也可以直接把 "엄살 부리다" 改成否定 "-지 마"，變成 "엄살 부리지 마."。

465

반전이 있어요
有反轉

　　韓國人很喜歡用"반전"（反轉）這個單字，以前有一齣綜藝節目叫"반전 드라마"，專門拍有反轉劇情的短劇。若看到一個西方人講出非常流利的韓文，在這個情況下就可以説"반전이다"，代表沒有想到對方能説出這麼流利的韓文。

반전이 있어요.

466

생각났어요
想起來了

■ 생각 안 나요. 想不起來。

　　"생각나다"為「想起」，如果已經想起來了，那麼就用過去式來講"생각났어요."。如果想不起來就用否定"생각 안 나요."即可，因為"생각"是名詞，"나다"是動詞，改否定時必須把名詞和動詞分開來，所以不能説"안 생각나요."。

생각났어요.

467

눈길이 가요
被東西吸引住了

不管是被人或被東西吸引住，都用 "눈길이 가요." 。這句若是指被「人」吸引，不見得是因為漂亮或是帥氣，也有可能是因為其他原因，像是 "그 사람이 제 언니와 닮아서 눈길이 가요." ，這句意思是「那個人長得和我姊姊很像，所以一直想要看她」。

468

오래됐어요
已經很久了

■ **얼마나 됐어요?** 已經多久了？

若想要陳述更詳細的內容，前面可以多補其他句子，例如：「한국어 배운 지 오래됐어요. 學韓文學很久了。」反過來問對方做某件事情有多久時，使用 "얼마나 됐어요?" 來問即可。有時候不是要表達事情，而是要描述一個東西老舊，也是用 "오래됐어요." 。

오래됐어요.

티 나요
看得出來

"티 나다" 為「看得出來」的意思。如果是「故意」想要讓別人知道，那麼就用 "티 내다"（露餡）。我們來了解一下它們的應用方式：

❶ 티 나다

1. 기분 안 좋으면 얼굴에 티 나요.　如果他心情不好會看得出來。
2. 쌍꺼풀 수술했는데 티 나요?　我割了雙眼皮會很明顯嗎？

❷ 티 내다

1. 그 사람은 아파도 티를 안 내요.　他再怎麼難受也不表露出來。
2. 기분 좋아도 티 내지 마세요.　就算心情好也不要表現出來。

인심이 좋네요
人心寬厚

- 이 식당은 음식도 맛있고 인심도 좋아요. 這家餐廳食物不僅好吃，份量也很多。
- 인심이 좋기로 유명해요. 以人心寬厚聞名

"인심" 指「人心」，在韓國要去哪裡找人心呢？以前韓國人說市場的 "인심" 最好，現在則不一定了。所謂的 "인심이 좋네요."，指在餐廳或買東西時給的量很多。

인심이 좋네요.

마음이 불편해요
過意不去

■ 아까 너무 화냈나 봐요. 마음이 불편해요.
剛對他發脾氣了，真過意不去。

마음이
불편해요.

　　過意不去、心裡有愧疚、心裡不舒
服的意思，類似的句型為 "마음이 안
좋다"。很多人會以為 "불편해요." 只
能用在「東西使用起來不方便」，但是
它也很常拿來當作「感情上的不舒
服」，像是跟對方關係尷尬的時候也是
使用 "불편해요."。

훈훈하다
很溫馨

　　看到做善事的人，我們會說 "훈훈하다"。還有什麼樣的人可以稱他為
"훈훈하다"？長得雖然沒有到非常帥，但是能讓我們心變溫暖的人，也可以
對他說 "훈훈하다"。韓文有個單字為 "훈남"（暖男）、"훈녀"（暖
女），就是從 "훈훈하다" 誕生的單字。

훈훈하다.

말주변이 좋다
伶牙俐齒

■ 그는 말주변이 좋아서 사회자로 딱이야! 他的口才好，適合當主持人。

　　"말주변이 좋다"指「口才好、油嘴滑舌、很會講話」的意思，用簡單句型說的話可以直接講成 "말을 잘한다." 。"말주변이 좋다"的相反為 "말주변이 없다"（口才不好）。

말주변이 좋다.

내 눈은 못 속여
騙不了我

　　此句用在親眼看到的事情或東西上。假設某個同事和另外一個同事感覺上有在一起，但並沒有公開此事，這時候如果有100%的把握，就可以說：「내 눈은 못 속여. 瞞不了我、騙不了我。」

내 눈은 못 속여.

끼가 많다
很有才華

"끼"指「表演的天分、與眾不同的性向或個性」，此句會讓我們聯想到藝人，通常韓國人會對不紅的藝人說"끼가 없다"（沒有天分、沒有吸引人的地方）。若非藝人，只是一般民眾很會唱歌跳舞、很會講話，這時候也可以說"끼가 많다"。

끼가 많다.

짝짜꿍이 잘 맞는다
兩人想法很一致

■ 두 사람은 짝짜꿍이 잘 맞아요. 兩個人的想法一致。
■ 짝짜꿍이 맞는 사람이에요.   是和我想法一致的人。

此句不一定是指想法一致，也可以在行為舉動上使用。例如一個人提出意見，另一個人在旁邊很贊同這個人所提出的意見，這時候就可以說"짝짜꿍이 잘 맞는다."。

맛이 갔어요
不正常

字典上的意思為「一個人不正常」，可是在口語中不只是指人，還可以形容物品，代表這東西已經壞掉了。請看以下例句：

1. 술을 많이 마셔서 맛이 갔어요.
2. 텔레비전이 고장났나 봐요. 맛이 갔어요.

第一句代表喝太多，發酒瘋。第二句的意思是電視壞掉了，已經沒救了。

별꼴이야
真是奇怪

■ 별꼴 다 보겠네. 什麼怪事都有。

怪樣、令人討厭的舉動叫 "별꼴"，是名詞。有兩種應用方式，直接加名詞的語尾讓它變成 "별꼴이야."；或是加動詞 "보다" 變成 "별꼴 다 보겠네."。

별꼴이야.

479

이미 엎질러진 물이야
覆水難收

　　字面上的意思為「已經是灑出來的水」，代表「覆水難收」。這句是韓國有名的俗語：「엎질러진 물은 다시 담을 수 없다.　灑出來的水無法再裝回去。」延伸過來的句子。請看以下例句：

A：어떡하지? 혼나면 어떡해.
　　怎麼辦，被責罵的話怎麼辦呢……。
B：이미 엎질러진 물이야.
　　覆水難收啊。

이미 엎질러진 물이야.

480

알랑방귀 뀌다
拍馬屁

　　狗腿、拍馬屁的意思。其實 "방귀 뀌다" 是放屁的動詞，改成 "알랑방귀 뀌다" 就變成狗腿。到底 "알랑" 這兩個字是什麼意思呢？ "알랑" 是 "알랑거리다" 的語根，指「巴結」。

알랑방귀 뀌다.

몸소 체험했어요
親身體驗到了

- 한국 사람의 정을 몸소 체험했어요.　我體驗到韓國人的愛情。
- 롤러코스터를 몸소 체험했어요.　　體驗了雲霄飛車。

親身領悟到某件事情時使用 "몸소 체험했어요.",不管這件事情是物理上(遊樂器材等)的體驗或心靈上(靈魂出竅等)的體驗,皆可使用。

몸소 체험했어요.

더위 많이 타요
很怕熱

- 추위 많이 타요.　很怕冷。

不怕熱的人可以把此句改成否定: "더위 안 타요."。"더위"是「熱、暑氣」的名詞,韓國有一個有名的冰淇淋叫做 "더위사냥", "사냥"指打獵,這冰淇淋是在夏天很受歡迎的國民冰淇淋。如果想表達很怕冷,就可以把 "더위"改成 "추위 많이 타요."。

483

오징어같이 생겨 가지고
長得有夠醜

　　如果喜歡看韓國綜藝節目的人，應該有聽過韓國人會用「魷魚」比喻一個人長相醜。此句就是形容一個人長得很醜，不管男生或是女生都可以用。有時候好朋友之間會開玩笑地說，或者有些人會自嘲地對自己說：「오징어 됐다. 變成魷魚了。」代表自己站在美女或帥哥旁，相較之下就變成魷魚了。

오징어같이
생겨 가지고.

484

뭐 들은 얘기 없어?
你有聽說什麼嗎？

뭐 들은 얘기 없어?

■ 이번 일에 대해 뭐 들은 얘기 없어?
關於這個事件，有沒有聽說什麼？

　　用肯定句 "뭐 들은 얘기 있어?" 也可以，此句問對方關於某件事情有沒有聽到什麼消息。句子可以稍微修改應用，例如：「들은 얘기 많아요. 聽到很多事情。」「저도 들은 얘기예요. 我也只是聽說而已。」

485 머리가 복잡해요
心情複雜

■ 마음이 복잡해요. 心情複雜。

太多想法和事情讓我們「心情複雜」時使用 "머리가 복잡해요.",因為事情多、會讓我們的頭腦和情緒變複雜,所以另一方面可以把它理解為「煩惱多」。

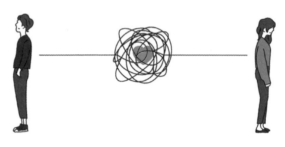

486 타고났어요
天生的

■ 손재주를 타고났어요. 手藝是天生的。

此句指一出生就具有的特質。請看以下例句:

A: 피부가 좋네요. 어떻게 관리했어요?
皮膚好好,是怎麼管理的呢?
B: 타고난 거예요.
是天生的。

"타고나다" 是「天生」的動詞,可以改成各種文法,上面句子是把它改成名詞化,指「皮膚好是天生的」。

타고났어요.

487

그럭저럭
就那樣

■ 이 식당 음식은 그럭저럭 괜찮아요. 這餐廳的食物算還可以接受。

　　此句使用於「雖然不充分，但還算可以」的時候。比如說餐廳的食物雖然沒有到好吃，但也沒有到難吃，還算是可以接受的程度時，就用 "그럭저럭"。

그럭저럭.

488

뻔뻔하다
厚臉皮

■ 너 되게 뻔뻔하다. 你真的好厚臉皮喔。

　　"뻔뻔하다" 可以單獨使用或改成冠形詞 "뻔뻔한" 來使用，例如「뻔뻔한 소리　沒臉沒皮的話」、「뻔뻔한 사람　厚臉皮的人」。

뻔뻔하다.

489

그렇고 그런 사이
關係很親密

■ 들었어요? 그 둘이 그렇고 그런 사이래요.
  你有聽說嗎?聽說他們倆關係很親密。

　　通常講別人時才會用 "그렇고 그런 사이" ,要説自己和某個人的關係親密時,就不太會用 "그렇고 그런 사이" 。

490

어마어마하다
不得了

　　"어마어마하다" 是非常厲害、不得了,超乎尋常到驚人的地步。因為它是形容詞,可以直接説 "어마어마하다." ,也可以應用成副詞 "어마어마하게" ,例如「어마어마하게 큰 집　非常大的家」、「어마어마하게 많은 돈　非常多的錢」。

어마어마하다.

491 가지가지 한다
鬼點子很多

- 매일 지각하더니 오늘은 결근이네. 참 가지가지 한다.
  每天都遲到，今天還缺勤，真不像話。

　　"가지가지"指「各種」，此句並非字面上「做了各種事情」的意思，而是指展現出來的鬼點子種類很多，或做出令人無法理解的行為時使用，帶有諷刺的意思在。

492 끈질기다
很執著

- 끈질긴 노력으로 성공했어요.
  因堅持不懈的努力而成功了。

　　"끈질기다"為「固執、執著」的意思。有時候不見得是指負面的意思，像「堅持不懈的努力」也可以用"끈질기다"。

끈질기다.

493

얼레리꼴레리
取笑別人時的用語

通常是小朋友取笑別人時的用語，正確的韓文為 "알나리깔나리"，不過日常生活中沒有人會説 "알나리깔나리"，都説口語化的 "얼레리꼴레리"，例如：「둘이 뽀뽀한대요. 얼레리꼴레리~ 얼레리꼴레리~　兩個人在親親了。」

494

오해를 사다
引起誤會

此句指「讓人誤會」或「引起別人誤會」的意思。若「已經」引起了誤會，就用過去式 "오해를 샀어요." 表達，「可能」會引起誤會，就用 "오해를 살 수도 있어요." 表達即可。

붕어빵이네요
長得一模一樣

"붕어빵"（鯛魚燒）是韓國的冬天小吃之一，韓國人會用「鯛魚燒」來形容兩個人長得很像。那為什麼會用鯛魚燒形容呢？因為鯛魚燒是用模型版做出來的，做出來的樣子都一模一樣，所以韓國人會用鯛魚燒來形容長相很像的人。

오리발 내밀다
不認帳

對於自己做的事情「假裝不知道」的時候使用，可以應用為 "어디서 오리발이야?" 或 "오리발 내밀지 마."。

A：내 간식 네가 먹었지?
　　我的零食是你吃的吧？
B：무슨 간식?
　　什麼零食啊？
A：내가 다 봤는데 어디서 오리발이야!
　　我都看到了，你還裝傻。

오리발 내밀다.

上面對話中，直接把 "오리발" 當名詞來使用，讓句子變得更簡短。

고소하다
幸災樂禍

"고소하다" 指「食物很香濃」，但是也可以拿來形容一個人幸災樂禍時的情緒。舉例來說，有個討厭的同事工作愛摸魚，有一天被主管發現挨罵了，這時候我們就可以說 "고소하다"。

평소와 달리
和平常不同

此句為副詞，後面必須接其他句子，例如：「평소와 달리 기분이 좋아요. 和平常不同地心情好。」「평소와 달리 힘이 없어요. 和平常不同，沒有活力。」

499　고집불통이다
牛脾氣

■ 말해도 소용없어요. 고집불통이거든요. 講了也沒用，因為他很固執。

　　形容一個人沒有靈活性，只顧堅持說自己的主張，也就是中文說的固執、牛脾氣。韓國人也常用"똥고집"來形容。

고집불통이다.

500　오늘 일진이 안 좋아
今天真倒楣

　　"일진"這個單字在新聞中或學生身上常常使用，指「不良學生」，不過此句說的"일진"是指「今日的運勢」，"일진이 안 좋아."指「很倒楣」。

오늘 일진이
안 좋아.

試讀心得・好評分享

翁子喬

　　此書中提到的句子都是韓國人道地的講法，使讀者除了制式的例句以外，能學到該如何進一步使用文法。在每個例句中，能學到該句的衍伸用法，也時常有「小筆記」單元，告訴我們文法的正確使用方式。

　　我認為最有趣的部份是能學到表達自己感情、如何做出合適反應的用句，因為普遍韓文教科書中都是制式、呆板的講法，但在這本書裡，更能學到韓國人在表達感情上更生活化的用法，也告訴我們更多韓國人的生活方式，搭配許多日常生活裡發生的有趣小故事，讓我更加理解了韓國在地生活與文化。

　　我以前不了解一般的禮貌型結尾和格式體結尾，在敬語使用上有何不同，但在本書中，簡單又清楚明瞭地解釋了在何種情境應使用哪一種文法，非常貼近我們的生活，是一般教科書不會教的年輕人日常用語。透過書中的MP3 QR Code還可以聽到例句的語音，使讀者更能了解如何發音才合適。

　　了解這500句生活慣用語後，若可以活用並套在情境中，往後無論是與韓國人對話，甚至是到韓國生活，都會更加順利，講出更道地、更貼近韓國人的韓語！

江玗軒

　　以精簡、重點明確的排版內容來呈現，並以較生活化的句子、詞彙及淺顯易懂的重點解說，搭配活潑可愛的插圖輔助說明，讓你說出道地韓語。學習韓語不必再從死背單字文法開始，只需比對圖文情境念出句子，就能讓學習者輕鬆記憶、融入學習情境。

　　作者精選常見主題與生活情境，以台灣人的中文思維及理解，詳細解釋韓國人為何會以這樣的方式與思維邏輯來表達，讓更多學習者更能明確掌握到韓語的學習要領，並擺脫固有的中文學習框架，才能真正說出最道地的韓文語法，讓學習者的會話實力在不知不覺中自然大幅提升！

Patricia Kuo

　　這是一本非常用心的韓語學習書，這樣說還真不足以表達我對此書喜愛的程度。書中有Jessica老師在教學中所發現學生常犯的錯誤與疑問所做的說明，並帶入相關語法和韓國文化小知識加深學習印象。

　　學習如何活用書中最貼近韓國人的生活用語，了解如何明確的表達自己的各種情緒，並且能夠做到精準地回應對方，無疑是所有語言學習者所期待的。因此，絕對不要錯過這本可以提升自己韓語能力的好書！

加入晨星

即享『50 元 購書優惠券』

── 回函範例 ──

您的姓名： 晨小星

您購買的書是： 貓戰士

性別： ●男 ◯女 ◯其他

生日： 1990/1/25

E-Mail： ilovebooks@morning.com.tw

電話／手機： 09××-×××-×××

聯絡地址： 台中 市 西屯 區

工業區 30 路 1 號

您喜歡：●文學 / 小說 ●社科 / 史哲 ●設計 / 生活雜藝 ◯財經 / 商管

（可複選）●心理 / 勵志 ◯宗教 / 命理 ◯科普 ◯自然 ●寵物

心得分享：

我非常欣賞主角…

本書帶給我的…

"誠摯期待與您在下一本書相遇，讓我們一起在閱讀中尋找樂趣吧！"

國家圖書館出版品預行編目（CIP）資料

韓國人每天掛在嘴邊的生活慣用語／郭修蓉著.
　-- 初版. -- 臺中市：晨星, 2020.09
　面；　公分. --（語言學習；9）

　ISBN 978-986-5529-22-2（平裝）

1.韓語　2.慣用語

803.22　　　　　　　　　　　　109007446

語言學習 09

韓國人每天掛在嘴邊的生活慣用語

最接地氣的500句日常對話，瞬間拉近你與韓國之間的距離

作者	郭修蓉 Jessica Guo
編輯	余順琪
封面設計	耶麗米工作室
美術編輯	黃偵瑜
創辦人	陳銘民
發行所	晨星出版有限公司
	407台中市西屯區工業30路1號1樓
	TEL：04-23595820　FAX：04-23550581
	行政院新聞局局版台業字第2500號
法律顧問	陳思成律師
初版	西元2020年09月15日
總經銷	知己圖書股份有限公司
	106 台北市大安區辛亥路一段30號9樓
	TEL：02-23672044／02-23672047　FAX：02-23635741
	407 台中市西屯區工業30路1號1樓
	TEL：04-23595819　FAX：04-23595493
	E-mail：service@morningstar.com.tw
	網路書店 http://www.morningstar.com.tw
讀者專線	02-23672044／02-23672047
郵政劃撥	15060393（知己圖書股份有限公司）
印刷	上好印刷股份有限公司

定價 380 元

（如書籍有缺頁或破損，請寄回更換）

ISBN：978-986-5529-22-2

──── | 最新、最快、最實用的第一手資訊都在這裡 | ────